文春文庫

犬のいる暮し

〈増補版〉

中野孝次

目次

写真　著者撮影

犬のいる暮し〈増補版〉

現代人にとって犬とは何だろう

わたしは犬好きで、犬がいないと暮せない人間なので、とかく目が人間より犬に向いがちだが、近頃の犬事情を見ると、日本人がこんなに多く犬を飼った時は史上かつてなかったんじゃないか、と空おそろしい気がする。どこへいっても犬がいる。犬の専門誌も何種類か発行されていて、犬情報は溢れている。犬の食品製造が産業として立派に成立する。犬猫病院は大繁盛だ。書店には犬の本のコーナーに常時何十冊という新刊本が並んでいる。

こんなに犬が飼われた時代はたしかに史上なかったにちがいない。日本史では、犬公方と呼ばれた徳川五代将軍綱吉の「生類憐みの令」が有名だが、あれは法律による犬保護で、江戸の人間がとくに犬を好んだのではなかったろう。だいたい、人間でさえ飢饉に悩んだ時代に、犬を飼うはずがないのだ。幕末には狆《ちん》を育てることが大流行したといっても、あれは一部の余裕ある階層の好事家《こうずか》のやったことだった。

わたしは大正十四年、一九二五年の生れで、従って昭和と呼ばれる時代を六十四年まるごと体験したが、そのわたしの記憶にも犬はほとんど登場しない。昭和大不況で、農村では娘を遊廓に売る者もあった時代に、犬を飼うどころではなかったのだろう。わたしの生れ育ったのは千葉県市川市で、市川は当時すでに東京のベッドタウンといわれ、事実同級生の親には東京へ通うサラリーマン（当時は勤め人とか月給取りと呼んでいた）が半分くらいいたが、そういう少し余裕のある家庭でも犬は飼っていなかった。

それ以後の日本は、一九三一年の「満州事変」から、一九三七年の「支那事変」と泥沼のような日中戦争にはまりこみ、日本中が軍国主義、皇道主義のイヤな時代になって、犬なぞ問題にならなかった。一九四一年に始まった米英相手の「太平洋戦争」のあいだは、人間がどうやって食を得るかが問題で、とても犬を飼う余裕なぞない。一九四五年の敗戦後も、日本は飢餓と窮乏の中にあり、犬の存在する余地はなかった。

その日本が一九六〇年代の高度経済成長期以降、史上初めてこの盛大なる犬飼い時代を迎えているわけである。日本が経済的にゆたかになったことのあらわれの一つが、このペット愛好現象なのだろう。毎年の登録頭数はおそろしいほどの数に上るにちがいない。

が、犬を飼う者の数がいかに多くとも、それをよろこんでばかりはいられないもので、飼われる犬がふえる一方では捨てられる犬も大変な数に上る。統計によれば、捨てられて捕獲されたり、不用犬として保健所に引きとられたりして殺された犬の数は信じがたいほど多い。一九九〇年には六十六万頭、九三年には五十万頭、九五年には四十四万頭もが「殺処分」されたという。

犬がほんとうに好きだから飼うというだけではないことが、この恐るべき数字からもわかる。一時のシベリアン・ハスキーのように、大流行にのって飼いだしたものの、流行が去るとイヤになって捨てたというのもあるだろう。転勤で飼えなくなったとか、咬癖があるので飼えなくなったとか、いろいろ事情は違っても、とにかく安易に飼っては安易に捨てる飼主が信じがたいほど大勢いることを、この数字が示している。

その一方にはむろん犬を心から愛して、伴侶（近頃はコンパニオン・アニマルというらしい）とする人もいて、これが大方の飼主であろう。

その双方をふくめて、現代日本で犬がこれだけ多く飼われているのは何を意味するのだろう、とわたしには気になるのだ。

人様《ひとさま》のことはさておいても、わたしは一九七二年に犬を飼いだして以来、あいだに五年の空白はあっても、今日までずっと犬なしでは暮せぬ生き方をしている。その心事をわれと見つめて人を推察するに、犬をこれだけ大勢の人が飼っている、飼わずにいられないという事実は、やはり現代人の心のあり方について何事かを語っているはずだ。それをこの機会にあらためて見直してみようと思う。

わたしがいま住む所は、横浜の南郊洋光台という新開地で、わたしはここで一九七二年四十七歳の時から犬を飼い始めたが、当時でもこの街で犬を飼いだした人はずいぶん多かった。が、現在（一九九八年）はもう当時の比ではない。実に多くの犬種が飼われていて、それらの飼われ方を見るのもわたしには興味がある。また、そういう実地の見聞とは別に、わたしにはとくに現代日本の犬事情に触れる機会が多いということがある。というのは、最初に飼った柴犬の生涯を『ハラスのいた日々』（文藝春秋）という本にまとめたところ、これが案外によく読まれ、今でも読まれていて、そういう方がしょっちゅう手紙をくださるのである。犬の本の読者が他の本の読者とちがうところは、多くの方が御自分の犬の思い出を語らずにいられないという点にある。ほとんどは愛犬に死なれた悲嘆を訴える手紙だが、それらを読むたびに、現代人にとって犬の存在はこうも深く人生に関わっているのかと、ある驚きを感じるのだった。なにか生きていく上で犬が不可欠の役割をはたしているふうなのである。千通以上の手紙をわたしは受取ったが、そのどれにもそういう思いが共通しているのだ。そのたびにわたしは考えずにいられなかった。

現代人にとって犬とは一体何なんだろう。どういう精神状況から、現代人はこうも深く犬との共生を欲するようになったのだろう、と。

富澤勝『日本の犬は幸せか』（草思社）は、現代日本の犬事情の問題点を考える上ですぐれて役に立つ本だが、その中で現代人が犬を飼う動機としてこんなことをあげている。

a　漠然とした自然回帰志向、つまり犬との共存が自然への欲求を軽便にみたしてくれるというもの。

b　管理社会に対する反駁から、自由な関係を結べる犬を選ぶというもの。あるいは集団主義に対する個人主義。犬を飼うというのは個人の営みで、そこに個人としての自己実現の試みがある。

c　成熟した社会への物足りなさから、犬を飼うことで生活にアクセントをつけようとするもの。

等を挙げて、これらはみな人間の側からの勝手な要求であって、そこに犬にとっての問題点もある。「結局、大多数の人は愛玩の対象として犬を飼っているのだろうが、そうだとしたら、人の愛玩に応えることだけが、その役目となっている犬たちは、はたして幸せなのだろうか」、というのである。

富澤氏の言われるそういう動機はむろんあるだろうが、わたしはそれとはちがうもっと深い精神的な動機もあるのじゃないか、という気がする。それはたとえばある日の新聞に、アメリカの現代犬事情といったリポートを読んだときに感じるものだった。

アメリカのとくに東部の大都会では、近年犬を飼う独身者が多くなった、とそれは報じていた。三十代の高学歴の独身者が、アパートの自室で犬を飼い、一日の勤めから戻って犬とたわむれることに無上の幸福感を味わう。そういう、結婚せず、勤め先の同僚とも深い付合いはせず、犬と共生している人たちが増えていることを、現代の珍現象として報告しているのだった。

それを読んだときわたしは想像した。

終日ひとりきりで室内に閉じこめられていた犬は、ひたすら主人の帰りを待ちわびている。耳をすまし、廊下に主人の足音がすると、帰って来たと、狂喜して主人を迎える。人間にはとうてい不可能なくらい、犬は全身でよろこびをあらわす。跳び上がって主人にからだをぶつけ、手といわず顔といわず舐《な》め、声をあげて安堵と歓喜のさまを示す。それが、人間どうしのあいだでは真の心の交流が得られないと感じている彼らの心の孤独感を、なによりも癒し、慰め、よろこびを与える。そしてそれに対して人間の側でも何一つ顧慮することなく全身全霊で犬の愛に応えることができるので、他者を全身で愛する心の流露を感じ、満ち足りた思いを味わう。

そういう心理状態が彼らをして犬との同居を選ばせたのだろう、とわたしは推測した。それはわたしの、人間は他者を愛さずにいられぬ生きものである、という信仰のような思いから自然に発した想像だった。愛したいというのは人間の絶対的な欲求であって、これが充たされぬと人は言いようのない空虚感に襲われる。

が、人間というのは言葉を持ち、個性があり、人ごとにちがう考えを持つ存在だから、そういう他者とまっすぐにただ愛という感情だけで結ばれることは、めったに起らない。若い時の恋愛の中でならそれは可能かもしれないが、恋の時は長つづきしない。ましてそうでない場合は、同性の、あるいは異性でも、他者とはなかなか真の信頼し得る心の通いあいは成立しないものだ。大都会ではとくにそうだ。

そういう心の深いところに空虚感を抱いた三十代の人間が、犬とのあいだに、擬似的とはいえある絶対的な愛を感じているのではないか。心置きない、絶対的な、何物にも拘束されぬ愛の交流によって、深い慰めと、心の充足を感じているのではないか。

わたしはその記事から大体そんな精神状況を想像したのだった。

そういう人間と犬との関係は、たんなる愛玩という以上の何かではないか、と思われたのだ。

しかし、もしかすると現代日本人の場合にも、このニューヨークやその他アメリカの大都市の三十代と同じような、心の空虚を癒す存在として犬を求める、という動機があるかもしれない、とわたしは想像をひろげた。

わたしの住む街は今や圧倒的に老人が多いが、現代の老人家庭は老夫婦二人きりという場合がほとんどだ。息子や娘夫婦は別の土地に住むという場合が圧倒的に多い。

そして犬は、そういう老夫婦二人きりの寂寥《せきりよう》を癒す存在として飼われているように見える。犬はここでも、面倒を見、話しかけ、愛を注ぐ対象として家の中にいるのだ。わたしの家でもそうで、老夫婦二人きりの暮しの寂寥を追いはらう存在として犬がいる。

そんな飼い方を自他の例に即して見るにつけ、わたしは現代人が犬を飼う動機は決して一つや二つでなく、いろんな場合がそこにはあるのに気づくようになった。わたしの所へ手紙をくださった人たちをとっても、その飼い方、犬への思いは、千差万別であった。また犬との日々のことを長い記録に残した人もいる。短歌にした人もいる。それにたえず出版される犬の本がある。それらを読んで、現代の犬の飼い方は昔のように番犬だの、猟犬だのといった単純なものではない、と確信するにいたった。そこで、ここではそういうわたしの見たかぎり、読んだかぎり、体験したかぎりを記して、現代人にとって犬とは何かを考える御参考に供しようと思う。

『ニキ』

本というものは時として運命的といいたくなるような形で自分のものとなる。わたしにとっては、Tibor Déry “NIKI, oder 《die Geschichte eines Hundes》” 1958. S. Fürcher V. がそういう一冊だった。

その本を見つけたのは東京・本郷の古本屋で、なぜ惹《ひ》かれたのか覚えていないが、なにか心をそそのかすものがあり、わけもわからず買ってしまった。磨り減った石畳の写真が表紙カバーになっている本だった。カバーの見返しに、ハンチングをかぶった著者が、フォックス・テリアらしい犬の横顔を見つめている写真がのっている。その、犬は犬、我は我といったふうに、孤独の中で愛しあっているような表情がよかった。

わたし（当時三十代半ば）は、買ってすぐ読んだが、そのときはこの小説に描かれた犬の描写のすばらしさがわからなかった。本の末尾に読後の否定的な感想が鉛筆で記してある。しかし、それでもその本を手離さなかったのだから、どこか「運命的に」惹くものがあったのだろう。ずっとのちになって、自分で犬を飼いだした（四十七歳）あともう一度読み返し、今度は非常に感銘を受けた。とにかくそこには、現代における犬と人間の関係の一つの典型的な例が描かれているので、まず最初はこの小説の紹介から始めよう。

この小説はのちに板倉勝正訳デーリ・ティボル『ニキ――ある犬の物語』（恒文社、一九六九年）として訳されている（名の呼び方が逆だが、こちらがハンガリー風か）ので、本当はそれを読んで頂けばすむのだが。

この小説を正しく理解するには、当時のハンガリーの政治情勢についての少々の知識が必要だ。

ハンガリーでは第二次大戦後「小地主党」のような右翼政権が選挙に勝ってきたが、失政つづきで、この小説が始まる四八年ごろは、共産党と社会民主党が合同した「勤労者党」が勢力を得だしていた。四九年五月の選挙ではその勤労者党の組織した「独立人民戦線」が九五パーセントを得票して、ハンガリーは人民共和国となった。

が、社会主義の道に入った直後に、政府と勤労者党は大きな誤りを犯し、小説にも出てくるライク外相の裁判（一九四九）が行われたりした。

一九五六年十月二十三日に始まったいわゆる「ハンガリー事件」は、民主化と生活改善、民族感情尊重をかかげて立った労働者と学生のデモが、全国に波及、暴動化し、それをソ連軍が出動して鎮圧した大事件であった。

そういう政治的背景の中で、この小説の主人公アンチャは、国内で最もすぐれた鉱山技師とされ、四八年には国有鉱山の器具工場の工場長になっていた。小説の中で彼はきわめて生真面目《きまじめ》で廉直な勤労者党員と設定されている。が、その厳格さから一人の不正を働いた男を解雇したことで、その男にあらぬ中傷をされ、党がそれを真にうけたため、次第に左遷され、ついには逮捕・投獄されてしまう。その中で終始彼らアンチャ夫妻を慰めたのがニキという犬だった、という設定の小説である。

作者ティボル・デーリ自身も似たような目にあっていて、ハンガリー動乱のあと九年の刑（実際は三年で釈放）に処されている。しかも小説『ニキ』の主人公が釈放されて帰宅したちょうどその朝にニキが死んでいるのとまったく同じく、デーリが釈放された朝にその飼犬ニキが死んだそうだ。小説（一九五六）の方が先に書かれたのだからまったくの偶然の一致で、デーリは「わたしの予言が適中した」と苦笑していたという。

アンチャ夫婦には子がなく、小説が始まった一九四八年に、アンチャ技師は地方のいい地位にあった。現実の世界と同じく百人以上の職工を持つ企業はすべて国有化され、アンチャはある鉱山器具工場の工場長に任命された。その夫婦にどういうわけかニキという牝犬がしきりになつき、彼らはついつい情にほだされるが、なかなか飼う決心がつかない。物事を厳密に考える技師にとって、一匹の犬を飼うとは一つの大切ないのちをあずかることで、大きな責任を背負わねばならぬと思われたからだった。が、ニキの魅力はあらがいがたく、小説もまた実にみごとにそこを描写している。ティボル・デーリはよほどに犬を愛し、犬を深く観察した作家だったことが、これらの描写からもわかるのである。犬がアンチャ技師の帰宅をバス停で待つ様子を、作者はこんなふうに書いている。わたしの読んだドイツ語訳と多少ニュアンスのちがうところもあるが、原語から直接訳した板倉氏の訳ではこうなっている。

「彼がバスから下りると犬はすぐ彼を認めたが、更に確かめるために彼の足下を嗅いで見て、それから彼を歓迎するために大喜びで何度も飛び上るのだった。技師は随分せいが高かったが、彼女は軽々と胸のあたりまで飛び上るので、その喜んでいる可愛らしい舌が彼の髯《ひげ》をなめんばかりであった。そしてこうした目茶苦茶な飛び上り方は、彼女の生涯を通じてセンセイションを起こすためのものであったことをここで指摘しておこう。彼女は耳を頭にピッタリとつけ、泳いでいるように前足を動かしながら非常に高く空中に飛び上ったので、彼女はせいの高い人間の知合いの誰の唇でさえも、なめることができたにちがいない。ドナウの土堤では、そこをのちに彼女の飼主たちが散歩に連れだすことになるのだが、最大の狼犬より高く跳ねることができた。それはちょうど彼女の筋肉質な小さな躰が、喜びをスプリングとして空中に浮かび上るようであった。」

この小説ではニキが主人公でアンチャ夫妻は従だが、犬の小説が成功するかどうかは、そこに犬がどれだけ魅力的に描かれているかにかかっている。その点デーリの描き方は最高で、こんなふうに描かれては、アンチャ技師のみならずこちらもニキの魅力にとりつかれてしまうのだ。ただ「狼犬」はドイツ語訳ではシェパードとなっていて、その方が正しいと思われる。

日曜日なのでアンチャ技師が珍しく在宅した日の夕方も、ニキは忠実に彼を待っている。夫妻は散歩に出る道筋で犬のその姿を認めるが、犬を散歩に誘わぬことにする。一度そうしたら犬との絆《きずな》が決定的になって、飼わねばならなくなるだろうからだ。ところが遅くなって彼らが家に戻ってくると、犬は庭に坐りこんでいて、夫妻が帰ると際限もなく二人の帰りによろこびを示す。

その犬の大歓迎ぶりにほろりとして、

「アンチャは思いがけなく彼の心の底から、暖かさが湧いてくるのを感じた。」

と小説は記している。

これでは今後どんな負担になろうとも（この辺アンチャ技師は自分たちに襲いかかる不遇と苛酷な運命を予感していたように見える）、慎重な技師といえども犬を飼う決心をつけずにいられなかった。実際に、小説は暗示的に、党のやり方が必ずしも正しくなく、誤った政策をし（現実と同じだ）、それに対し諫言《かんげん》するアンチャがうとまれてゆく過程を、ちらりちらりと書いて、アンチャ技師夫妻の運命を予感させている。

ニキがアンチャ家に来た一九四八年の秋、夫妻は首都ブダペストのアパートに引越すことになった。ニキにとって大都会での環境には、慣れねばならぬことがたくさんあった。第一にここでは外出のたびごとに綱につながれねばならなかったし（しかし彼女はすぐ「綱は主人と直接に接触している感じを起こさせ、一種の保護されているという感じをあたえた」ので、むしろつながれることを好んだ）、初めて見る電車や自動車に恐怖させられたし、アンチャの友人の耳を動かすことのできる大男に死ぬほどびっくりさせられたりした。

が、何より辛かったのは、やがて彼女ひとり、終日都会のアパートの一室で過さねばならなくなったことだった。その秋アンチャは鉱山作業省の監督を解任され、さほど重要でない機械製造工場に配属された。地位も低く、月給も少なく、なにより工場に八時に着くためには早朝五時に家を出なければならず、ニキにかまっている時間がほとんどなくなった。病弱なアンチャ夫人は、共産党支部を頼み回ってようやくまったく名目的な資格でハンガリー婦人民主同盟の事務を手伝うようになった。こうしてニキは一日じゅう家でひとりで待っていなければならなくなったのだ。

これは犬にとって一番辛いことだ。それだけにまた夫人が帰ったときのニキのよろこびようも大きかったと、小説はこう記している。

「鍵をかけたフラットに独りでほっておかれて、彼女はアンチャ夫人の部屋のすみに置かれた彼女のクッションの上で、鬱々としていることが多かった。彼女がより好んだのは、実は厳重に禁じられていたのだが、居間の茶色のうね織りのカバーをかけた肘掛椅子の上だった。そしてアンチャ夫人が帰ってくると、ほんのちょっとの留守のあとでも、ニキは喜びに酔って垂直に飛び上がり、限《き》りもなく飛びまわり、尻尾を気違いのように振り、ハァハァいいながら、まるで長旅から帰ったように彼女を歓迎し、その興奮がしずまるまでにいつでも相当長い間かかるのが常だった。アンチャ夫人は、ニキが禁じられているにもかかわらず、肘掛椅子で寝ていたと言って彼女を罰したり、いや叱ることさえもできなかった。」

人が犬を最も愛らしく感じるのは、犬がこのように全身で「待っていたよ、さびしかったよ」と、待ちわびていたことをあらわすときだ。そういう瞬間人は、外でどんなイヤなことがあってもそれを忘れ、胸の内にどっとよろこびと愛《いと》しさの感情があふれてくるのを感じる。犬が人間にとって救いとなるのは、こういうときである。そこを小説はみごとに描いている。

その時期、ニキの主人アンチャ氏にとっても辛いことが重なった。党の有力者だった外相が逮捕され（現実と同じ）、死刑を宣告され、大逆罪で処刑されるということが起り、党の正しさを信じきっていた技師を苦しめた。それは彼にとって生涯かけて信じてきたものの崩壊を意味した。技師は苦悩のあまり「数日間全く口をきかなかった。妻にさえ打ち明けなかったが、彼は彼の確信が根底から震撼されたことを感じた。」

個人生活でも彼はその夏石鹼工場に配属替えされ、党に意議を申し立てると、こんどは建設省支配下の土木事業工事に回された。彼のキャリアは無視され、もはや国中で一番という彼の鉱山技師としての能力は問題にされなくなったのだ。

いやな時代が来ていた。「人びとはお互いを信じてはならないことを学び、隣人に疑いのまなざしを向け合った。人びとは家庭でか、夢の中でなければしゃべろうとはしなくなった。」こういう陰惨な状況の中で、ニキという犬の存在がどんなに彼ら夫婦を慰めたかは、容易に想像することができる。アンチャ夫人と同様にニキもアンチャ氏の精神状態に気づいていたとして、小説はニキが、アンチャ技師の遅い帰宅のたびにいかに気違いじみた歓迎ぶりを示し、技師がそれによってどんなによろこんだかを、こまかい描写で記している。

そして昼はもう散歩に連れていってやれぬ技師が、ボールを買って来て家の中でニキとボール遊びをしたときのすさまじい騒ぎのこととか、犬の魅力と、犬がいるための救いとをことこまかに記している。自然児であるニキにはもの足りなくとも、読む方にとってもまたその短い睦《むつ》み合いの時が救いである。アンチャ夫人は犬をあまり散歩につれて出られなかったし、技師の方は週に二日か三日しか帰宅できない日々がつづいた。それだけにそういう中での散歩は、厚く垂れこめた雲間からいっとき明るい陽光がさしたような印象を与える。

「まれにではあったが、夫妻は日曜日に土堤を散歩しにでかけることもあった。更にまれにではあったがもっと長い散歩、たとえばマルギット島あたりまで春の陽を浴びながら散歩したり、あるいは向う河岸のブダ側の土堤を散歩することもあった。こうしたとき、ニキは夢中になってよろこんだ。こういうときに、支度をしてしまった技師が、おそい妻を残して階段を降りはじめると、すぐ後を追って飛び出すが、最初の踊り場にくるとまた駆け戻っていって、アンチャ夫人に早くしろとしつこくせがみ、今度はアンチャ氏の所に戻って足下にじゃれて彼をおくらせ、こうして夫妻が一緒になるまでやめなかった。」

夫妻にとってのニキの役割がわかって笑いがこみあげてくるが、こういう些細な出来事が読者の心に訴えるのは、それにすぐつづいてこうあるからだ。

「一九五〇年八月、彼らがヒュヴェシュ・ヴェルジに遠足に行ったすぐあと、アンチャは逮捕された。彼はいつものように役所に出かけたが、いつものようにお昼に電話もせず、夜になっても帰宅しなかった。役所でも誰も彼の行方について知らず、彼が作業していた場所でも何もわからなかった。丸一年間、彼についての消息もなかった。」

秘密警察というもののあった時代、社会主義国では、ソ連でも東ドイツでもハンガリーでも、その他どこでも、こういう逮捕が日常的に行われていたのだ。フランツ・カフカの小説『審判』は、

「だれかがヨーゼフ・Kを中傷したに違いなかった。なぜなら、なにも悪いことをした覚えはないのにある朝逮捕されたからである。」

という異様な記述で始まるが、同じことがアンチャ技師の身の上にも起ったのだ。

小説はそのあと、「それからアンチャ夫人にとって苦難の日々がつづいた」と記すが、それはそうだろう。月給は一ヶ月だけで打ち切られ、秘密警察に夫の行方をたずねても逆に捜索をやめろと忠告されただけ。彼女を雇おうとする者もなく、やっと見

つけた内職の収入は一日の食費にも足りない。ようやくアンチャ氏の老父が、ブダペストに来て息子の逮捕を知り、以後その乏しい年金のうちから月々五十五フォリント送金してくれることになった。

彼女は真剣にニキを手離すことを考えねばならなかった。ニキには毎月五フォリントの税金のほか、食費に二十—二十五フォリントもかかったからだ。アンチャ技師が初めにニキを飼うか飼わないか悩み、飼うことから生ずる責任を真剣に考えていた理由が、こうなって初めてわかる。「家族から送られてくる援助の金を、これほど多く犬一匹にかける権利が彼女にあっただろうか。」が、彼女は必ず夫が帰ってくるのを信じ、犬をそのまま手許におく決心をする。

これからは、アンチャ夫人にとってと同じように、ニキにとっても苦難の日々である。小説のこれから先の部分は読むに辛いが、犬が主人の不在をどんなに悲しがるかを記した部分だけは引いておこう。アンチャ夫人が、あまりにも夫を恋しがるニキの様子を見かねて、夫の寝巻を床に敷いてやったときのニキを、作者はこう記す。

「ニキは寝巻を隅から隅まで熱心に嗅ぎまわし、それからその上に横たわるとなおそれを嗅ぎつづけた。そして今までよりよほど静まったように見えた。それでも彼女は毎晩アンチャを待ちつづけた。建物の大扉が閉まったあとで、誰かが戸外のベルを押すとすぐ起き上がり、頭をまず一方にかしげ、つぎに別の方にかしげて油断なく注意を集中した。時には玄関まで走り出て鼻を床につけ、騒々しく深く何度も鼻を鳴らした。それからしばらくすると、いつもの居場所に戻って溜息をつき横になった。ニキはあまりに熱心に待っていたので、時には自分の早耳にだまされることもあった。技師の足音を聞いたと思って、夢中になってドアの所に駆けつけ、猛烈に啼いたり吠えたりしながらドアを引っ掻くので、そういう時アンチャ夫人は胸をドキドキさせながらホールに駆けだし、ドアを開けて見るのが常だった。それで、誰か知らない人がその階を通りすぎてゆくと、二人はスゴスゴと部屋に戻るのだった。」(訳は「その晩」となっているのをドイツ語訳に従い「毎晩」に改めた。)

主人を待ちつづける妻と犬の心情、もって思いやるべしだ。わたしは犬が不在の主人を待つ心情はまさにこのとおりだと信ずる。犬はひたすら、全身全霊で居ぬ人を待ちつづけるのである。人間のように、主人の逮捕とか投獄という情報がないから、犬にとっては不在の人はただ不在なのだ、いついかなる瞬間戻ってくるかしれないのである。

そういう日が幾日もつづいたとき、犬はどうなるか。ニキは少しずつ衰えだした。それはニキにとって三度目の最悪のブダペストの冬だった。

「ニキの健康はその冬の間にますますよくない方へ向かった。だんだんに痩せ、力も元気もなくなり、あれほど楽しみにしていた散歩にさえあまり興味を示さなくなった。以前あれほど陽気だったのに、そうした性質を示すのはほんの時々で、それもちょっとの間だった。」

ニキは自然のたっぷりある田舎で生れ育った自然児だった。兎狩には天才的な情熱をもってたちむかうが、引綱につながれての大都会の散歩にはむいていなかった。それでもアンチャ夫妻がいれば幸福で、ニキの幸福には夫婦のどちらが欠けてもダメだったのが、突然技師がいなくなり、彼女が毎日熱烈にその帰宅を待ちつづけても空しい。ニキが元気を失い、生きる力をなくしていったのは、もっぱらそういう精神的な原因によってであった。

そんなふうになりだした犬を見るのが、飼主にとって一番辛い時である。犬が物言わぬ存在であることが、これほど切《せつ》なく感じられる時はない。苦しいとか、痛いとか言ってくれればこちらも救われるものを、犬は黙ってただ耐えているだけなのだから。

わたしもこの『ニキ』という小説を読んで、ニキがまだ若いのに大都会で主人夫婦の不幸に立ち合って、みずからも生命力を消耗させてゆく段になると、辛くて読みつづけられない気がしたものだった。

「彼女（アンチャ夫人）の心を一番痛めさせたのは、テリアの沈黙、その犬の全身を領する沈黙であった。

その犬は、啼きもせずわめきもせず、また抗議もせず説明も求めなかった。だからその犬を納得させることは出来なかった。ニキはただ黙って彼女の運命に身をまかすだけであった。心身ともに打ちくだかれた囚人が、最後には黙ってしまうように、この沈黙はアンチャ夫人にとって存在そのものの根底からくる、激しい抗議のように思われた。」

絶望したときの犬の状態を、著者のティボル・デーリはそんなふうに記している。彼はそんな状態に置かれた犬に、よほどに心を痛めたことがあったにちがいない。

ところが、ニキがそんな痛ましい沈黙に沈んだその一九五二年の夏、アンチャ夫人は知人の探索によって夫が生存していることを知り、さらには年に三、四度中央監獄に夫に面会にゆけるようになったのだ。そのことで彼女の方は健康も精神状態もよくなった。そして、もしアンチャ技師が戻ってくる可能性があることをニキに伝えることができたらニキも元気になるだろうと思うが、それが言葉の通じない悲しさである。

「はじめて中央監獄に夫をたずねることを許された日、アンチャ夫人は帰ってくると、心を開いて見せるという形でそのことをニキに話してやった。夫人はニキを膝の上にのせて泣いた。ほとんど夫人の泣く所を見たことのないニキは、直《す》ぐにこの取り乱した姿に感動させられた。彼女は昂奮してクンクン言いはじめ、つめたい真っ黒な鼻を夫人の顔に優しく押しつけた。（略）それからこの不幸な夫人の膝に坐って、夫人が両手で顔をおおってしまい顔がなめられないので、ニキはアンチャ夫人の首すじを、暖い舌でやさしくなめはじめた。」

不幸の中における人と犬との心の関りは、ここに極まれりと言っていい。これは犬に関して書かれた物語の一番美しい場面の一つである。夫人は夫の無事を伝えたいが犬にそれを伝えることができないで泣く。その泣く姿に犬は気持を動かされ、全身で夫人の不幸を慰めようとする。これを最も悲劇的な場面と言ってもいいであろう。

それからもまだいろいろとあって、アンチャ夫人は「自由の欠乏がニキを殺しつつあるのだ」という辛い思いにますます責められながら、なんとかしてニキをもう一度元気にしようと試みたとある。「その自由とは、ニキ自身が自分から主人として選んだ技師と一緒に暮らす権利をも含んでいるはずだった。」

そして、アンチャ技師が逮捕投獄されてから五年目に、ニキは衰弱しつくして死んだ。ニキが夜明けに死んだその朝、技師は釈放されて帰宅したのだった。ニキの死を知らされて技師はワッと泣きだした、と小説は書いて終っている。

この小説と同じことが、のちに作者ティボル・デーリ自身の身の上にも起ったと前に記したが、アンチャ夫妻の上に起ったようなことはそのころの社会主義国ではざらだったろうと思われる。密告制度があって、事実でなかろうと秘密警察に密告中傷されれば、疑われ、証拠もないのに逮捕されるということが行われた。

小説はそういう技師夫妻の運命を、ニキという犬を通じて描いている。そしてこの小説は、表に出てくるその犬の生態が実に愛らしく、魅力的で、けなげなので、それにひかれて彼らの悲劇が表現されるような書き方をしている。

これは小説だとはいえ、救いのこない社会での孤独で不幸な生活が、犬の存在によってあたためられ、慰められ、癒されるということは本当にあるのだ、と作者は言いたかったのだろう。読んでみてわたしも、こういうことはありうると信じた。ここにある犬の意味は、それまでのどんな役割ともちがう。番犬でも、猟犬でも、愛玩犬でもなく、運命をともにする伴侶である。近頃はよくコンパニオン・アニマルなどというい方をするが、それよりも絆の濃い伴侶というのがふさわしい存在なのだ。

ニキという犬は、主人の運命をみずからのものとして受容し、悩みを共にし、そのことで衰弱して死んだ。このニキには非常な存在感がある。作者はこの犬の魅力を存分に描いてみせた。この小説は犬を主人公とした珍しい作りだが、そういうものとして傑作と言っていいと思う。現代社会における犬の存在について一つの新しい意味を見出した小説だ。

『犬の年』

犬について書かれた本を読むたのしみの一つに、犬の知識を得るというペダンチックな満足もある。

前の章でわたしは、板倉氏が「狼犬」と訳したのをドイツ語訳に従って「シェパード」と直したが、これには前例があったからだ。

わたしは一九六九年、四十四歳の年に、ドイツの現代作家ギュンター・グラスの『犬の年』（集英社）という小説を飜訳出版した。グラスは、第二次大戦後現れた作家の中で一番の大型新人といわれた人で、処女作『ブリキの太鼓』（一九五九）で華々しく登場したあと、一作ごとにドイツのみならず世界中の読書界の話題をさらった。『犬の年』はダンチヒを舞台とする彼のいわゆるダンチヒ三部作《トリロギー》の二番目の長篇小説だ。

遠くリトワニアの牝狼を先祖とする漆黒のシェパード犬の系譜を縦糸とし、ダンチヒに生れ育った二少年がナチスの時代に巻き込まれてどう生きたかを、一九三〇年代から五〇年代にかけて悠々と描いた大長篇小説だ。その中で、何代目かの犬ハラス――ダンチヒの指物親方の飼犬――が、牝犬テクラに番《つが》って生れた五匹の子犬のうちの一匹が、ドイツの新しい指導者になったヒトラー総統兼首相の第四十六回誕生日を祝って献納されたことから、この犬と周辺の人々はヒトラーの運命に深く関ることになる。

その子犬はヒトラーに嘉納され、ヒトラーの感謝状が指物親方のところに届けられて、親方の飼犬ハラスは一躍時の犬になった。ヒトラーはこのシェパードが気に入って、プリンツと名付けていつもそばに置いたが、あるときヒトラーの取り巻きが大勢集っている中で、こんなことが起った、と小説にある。

《それからヘルマン・ラウシュニング（一九三三―三五年の間、ダンチヒ市参事会長で、ナチスのダンチヒ支配を助けたが、のちナチスに絶望、亡命し、『ヒトラーとニヒリズム革命の対話』を書いた）が若いシェパード・プリンツのことを言いだしたが、誤って「あのすばらしい漆黒の狼犬《ヴォルフスフント》」とよんでしまった。それでこれ以後どの歴史家もが彼の口真似をすることになったのだ。だが犬好きの人ならみんなぼくの意見に賛成するだろう。狼犬《ヴォルフスフント》というのは本来アイルランドのウールハウンドがあるだけで、これはドイツの牧羊犬《シェパード》とは本質的に違うものなのだ。しかも細長い頭をしたこの種は、堕落したグレーハウンドの親戚だ。衝角関節（肩甲骨間の隆起）までこれは八十二センチ、つまりうちのハラスのそれよりも十八センチばかり多い。それにアイルランドのウールハウンドは毛が長い。小さなやわらかい耳はぴんと立っていないで折れている。装飾的な贅沢犬で、こんなものなら総統は決してその犬舎につながなかっただろう。このことだけでもラウシュニングが誤っていることは永遠に証明されたのだ。アイルランドのウールハウンドは決してこんなふうに、菓子をたべている客たちの足のまわりを神経質に歩き回ったりしない。プリンツ、ぼくらのプリンツはいま（ヒトラーの）話に耳を傾けながら、犬らしい忠実さで飼主の身辺を気づかっていた。なぜって、総統は命の危険におびえていたからだ。巧みな陰謀が菓子のどの一片に仕込まれているかもしれなかった。びくびくしながら彼はレモネードを飲み、ときどき何の理由もないのに吐きだささずにいられなかった。》

つまりこういう話を読んでいたので、わたしは、「狼犬」をシェパードとすぐに訂正したのだ。が、犬についてのそんなペダンチックな知識を披露しながら、何度も暗殺計画が発覚した独裁者が実はびくびくしながら生きている様子を、作者は巧みに、さりげなく記しているのである。

わたしはいつかドイツの知人の家で純血種シェパードを見、立ち上がると人間より大きいその体軀にびっくりし、ヒトラーに献納されたプリンツ犬もこんな大きさだったのだろうか、と想像した。『犬の年』という小説は、犬を主人公にしただけに犬のことにくわしく、たとえばプリンツの父ハラス——純血種のシェパード——の姿はこうだと、おそろしく具体的に書いている。

「聞いてくれ、ツラ、

それが彼だったのだ、ぴんと立った耳とながい尻尾をもった、すらっとのびた黒いシェパード。ベルギー産の毛のながいグレーネンダールでなく、純ドイツ産の短毛のシェパード。ぼくの父、指物親方が、ぼくらの生れるちょっと前に、ヴァイクセル河口のニッケルスヴァルデで子犬で買ってきたやつだ。ニッケルスヴァルデのルイーゼ風車をもっていた元の飼主は三十グルデン要求した。乾いた、しっかり閉じられた口のある力強い鼻口部をハラスは持っていた。黒い、心もち斜めについている目が、ぼくらの一歩一歩を追う。首はひきしまっていて、贅肉もなく、のどの皮膚もたるんでいない。胴長は肩の高さよりきっかり六センチ長い。あとで計ったのだからたしかだ。どの側からでもハラスは観賞にたえた。足はつねにまっすぐでパラレルだった。足指はよくしまっていた。肉趾は厚くかたい。長くて、ゆるやかにさがっている腰。肩、腿、膝関節、どれも力強く、よく筋肉がついている。毛はどの一本をとっても、真直ぐで、からだに密着していて、剛く、黒い。下毛も黒い。灰色や黄色の下地に色の濃い毛のあるあの狼ふうの色どりではない。そんなんじゃなくて、毛の深く渦まいている胸や適度に毛をかぶった膝まわり、いや、ピンと立って心もち前にかしいでいる耳のなかにいたるまで、どこをとっても彼の毛は黒く光っていた、雨傘の黒に、僧衣の黒に、寡婦の衣の黒に、親衛隊の黒に、黒板の黒に、ファランヘ党の黒に、つぐみの黒に……」

作者グラスの饒舌《じょうぜつ》体の文章は、いつもこんなふうにおそろしく具体的で、それらの積み重ねから場景をはっきりと描きだしてゆく。

ダンチヒ近くの村に生い立った二人の少年アムゼルとマテルンが、ヒトラー・ナチスのダンチヒ支配の時勢に巻きこまれて、前者はユダヤ系であるために次第に時代からはじき出され、攻撃され、後者は義兄弟にもかかわらずナチスに加担して、やがて友人の攻撃に加わる運命になる。そういう彼らの波瀾万丈の日々につねにこの漆黒のシェパードが傍役として存在しているのだ。

全体は三部にわかれ、第一部では一九二〇年代から三〇年代にかけて、ものみな悠々と流れるヴァイクセル河辺での幸福な牧歌時代が語られる。作者グラスは少年時代を描いて彼の右に出る者なく、民話的な人物や少年たちと、着想に酔い、語るよろこびに酔うこの章は幸福感にみちている。黒犬はここではまだ幸福の友だったが、やがてそこにも時代の先ぶれが顔をのぞかせだし、「ユダ公《イッチッヒ》！」という悪罵が発せられ、案山子《かかし》作りの天才少年アムゼルの作った傑作は、まるで来るべき時代の予兆のように、ナチスの鷲の紋章の姿となって、人々を恐怖させる。

第二部は、皮肉にも「愛の手紙」と題されるが、ダンチヒ市からダンチヒ自由国家の旗が次第に減って、代りにナチスのハーケンクロイツ旗が増えてゆく三〇年代初頭から、戦争に突入し、ユダヤ人を大量殺人する強制収容所の「骨の山」の悪臭がもう町の上空を去ろうとしない四〇年代前半の暗黒時代を描く。「半ユダヤ人《イッチッヒ》」アムゼルは、ナチス親衛隊に入った義兄弟マテルンとその一党によって一度殺され、生れかわる。彼ら二人の愛した老先生は「人間石鹼」工場行きとなる。

第三部は、神曲ふうにいえば浄罪篇で、第二次大戦後の四六年から五七年まで、敗戦の混乱から「奇蹟の経済復興」までを描く。そこで行われるのは元突撃隊員《エス・アー》による復讐だ。マテルンはヒトラー総統の最期の時に脱走したプリンツ——彼はそれにプルート(地獄)という名を与える——を連れて、ドイツ各地の元突撃隊員を訪れ、かつて自分と共にアムゼルを襲った隊員たちに、アムゼルに代って、全ユダヤ人に代って、復讐をとげる。

ざっと粗筋を紹介するとそんな小説で、千七百枚にわたって作者は、ポーランド農村部の牧歌時代、ヒトラー・ナチスの擡頭、戦争、ナチス大量殺人、暴力、ヒトラーの死、敗戦、戦後の混乱と窮乏、経済復興と、一九二〇年代から五〇年代終りまで、約五十年のドイツ現代史を、漆黒の純血シェパードの系譜の立場から描きだしてみせたのだった。これはさらにそれから五十年経った現代の犬と人との関係とは性質を異にするが、やはり二十世紀における犬と人との関係を描いたものの一つになる。

この小説でなんといっても魅力的なのは犬を描いた部分で、北ドイツの人間のシェパードによせる愛着と誇りがよくわかるのだ。そういう場面を全部紹介したい誘惑をわたしはここでも感じるが、今は割愛するしかない。ただし前にとりあげた『ニキ』の場合と違って、『犬の年』はとうに絶版となっているから、それを読んでくださればすむというわけにいかない。本には固有の運があって、いいから売れるというものではない。この『犬の年』は小説としてもすぐれたもので、この飜訳が出たときは十紙以上の新聞に書評が載り好評だったにもかかわらず、本は売れなかった。初版が出たきりだった。

のちに、わたしはこの小説の犬の一匹ハラスの名を、滑稽は承知の上で自分が初めて飼った小さな柴犬につけた。その柴犬を十三年飼って死なれたとき、『ハラスのいた日々』という思い出を書いたら、思いがけずこの本はよく売れ、その中に『犬の年』の一部を紹介しておいたので、『犬の年』についての問い合せがたくさん来たが、残念ながら絶版だと答えるしかなかった。図書館でも置いてないところがほとんどなのである。そこで『ハラスのいた日々』と重複するが、その名場面をもう一度ここに写しておこうと思う。

プリンツはヒトラー総統兼首相の第四十六回誕生日に献納されたのだったが、それから十年後の第五十六回誕生日を彼は防空壕の中でささやかに行うしかなかった。すでにドイツ軍は圧倒的な連合軍の攻撃の前に壊滅寸前で、ヒトラーの司令部があるベルリンは、いまにもロシヤ軍によって陥落させられようとしていた。そしてヒトラーはこれから十日後、一九四五年四月三十日防空壕で自殺するのだ。

そして小説は、総統防空壕で誕生祝賀宴の準備がなされているあいだに、プリンツは飼主の運命に見切りをつけて脱走した、と書いている。

「昔むかし一匹の犬がいて、

彼はその主人を見すて、ながいながい旅に出た。野兎だけは鼻にしわをよせたが、しかしおよそ読むことのできるほどの人は、この犬が目的地に着かなかったなどと思ってはならない。一九四五年五月八日早朝四時四十五分、マグデブルク市上流で、彼はほとんどだれにも見られずにエルベ河を泳ぎわたり、この河の西側で新しい主人を見つけた。」

陥落直前のベルリンからマグデブルクまで、途中地雷原もあり戦場もある中を、「おお犬よ、ひろく旅してきた者よ！」、ヒトラーのゆくところつねに一緒に連れられて広く旅してきた犬は、強運もあって、地雷にふれもせずにエルベ河を渡ることに成功する。そしてそこで英軍の収容所から出所したばかりの元突撃隊員《エス・アー》マテルンと遭遇するのだ。

マテルンに犬を連れてゆく気はないが、犬はマテルンを主人に選んでどこまでもついてゆく。このへんは神秘的だ。マテルンの父の飼犬牝犬センタが、プルートという牡犬と番ってハラスを生み、ハラスがテクラと番ってプリンツを生んだのだから。彼らは血につながる者なのである。

そして敗戦後の虚脱したドイツを、マグデブルクからケルンまで、そのほとんどを徒歩でつっきるあいだに、犬に対し邪険な態度しかとらなかったマテルンも犬を連れと認め、地獄の死者プルートの名を付けて、マテルンが西ドイツ各地に元突撃隊員を訪ねて復讐するあいだ彼らはつねに行を共にする。

そしてそれらが全部すんだあと、すでに放送局で声優として活躍している元俳優ワルター・マテルンは、一九五七年五月八日、西ドイツ放送ケルンで、ハンス・リーベナウ、すなわち元の指物親方リーベナウの息子が脚本を書いた「公開討論会」という番組に、犬とともに出演することになっている。その公開討論会は演劇的ではあるが真剣なもので、ワルター・マテルンのこれまでの生涯がすべてその中で検討される予定だ。いやなことも、隠しておきたいことも、すべて。

その脚本原稿をマテルンが放送局の食堂でよんでいると、彼はその中で、指物親方の犬ハラスを毒殺したことを認めさせられ、「半ユダヤ人《イッチッヒ》」の義兄弟アムゼルを突撃隊員の仲間とともに半殺しにしたことを認めさせられることになっている。一年後に彼がその突撃隊から放り出されたことも、そして最後にいま彼とともにいる犬がヒトラーの犬プリンツであったことが実験で確認され、彼は管理者と承認されることになっている。この「公開討論会」はそれだけで独立したものだが、小説全体の要約にもなっている。小説の中にこういう「枠の中の枠」のような章を作って全体の見透しをよくしようとするところにも、作者ギュンター・グラスの非凡な才能がうかがえる。

そして生涯の行為に対するすべての自己批判が完了して、出てゆくとき、マテルンは放送の中でこう叫ぶことになっている。

「マテルン　おお、お前たちみんなぐるになった犬年どもめ！　初めにまずリトワニアの牝狼がいた。それがシェパードの種犬とかけあわされた。この不自然な行為の結果、一匹の種犬がとびだしたが、その名はどの血統書にものっていない。だが彼、この名のない犬がペルクーンの父となったのだ、そしてペルクーンがセンタの父となり……

合唱　そしてセンタがハラスを産んだ……

マテルン　そしてハラスがプリンツの父となり、それが今日プルートとしておれのそばでお情けのパンを噛んでいる犬だ。おお、お前たち、しわがれ声で吠えたてる犬どもめ！　粉屋では風車小屋の番犬だったもの、指物工場では番犬として立っていたもの、また愛犬としてきみらの帝国アウトバーン創設者の長靴に身をこすりつけたもの、それがおれに、反ファシストに慕いよってきたんだ。その秘密がきみたちにわかるか？　七倍のこの呪われた犬年の計算がきみたちにわかるか？　どうだこれで満足したかね？　それでもまだ言うことがあるかね？　マテルンは彼の犬と一緒にビールをやりにいってもいいんだな？」

ドイツ語で犬にはみじめなの意もあり、犬の年とはみじめなる歳月をも意味する。また七倍のというのは、犬の年齢はそれに七倍したものが人間の年齢にあたるというので、七倍もみじめだった歳月よ、ということになる。そのあいだすべてリトワニアの狼の血をひく漆黒の犬の年でもあった、とマテルンは言っているのだ。このときマテルンは三十二歳、プルート犬は二十歳、すなわち人間なら百四十歳をこえていたことになる。

マテルンはこのよくできた「公開討論会」放送原稿を放送局食堂でよみ終ると、急に出演する意志をなくし、放送局をとび出してしまう。マテルン様は公開討論されていい対象じゃないんだ、と憤激して。そして戦後ずっといた西ドイツがすっかりいやになって、東の陣営（東ドイツ）にいってしまおうと決意する。彼マテルンとアムゼルの故郷は東ドイツにあるのだ。しかしそれには犬のいるのが邪魔なので、ケルン駅のキリスト教布教所に三十分ほど犬をあずかってくれとたのみ、ベルリン行き列車にとびのってしまう。ケルンから、デュッセルドルフ、デュイスブルク、エッセン、ドルトムント、ハム、ビーレフェルト、ハノーファー、ヘルムシュテット、マグデブルクを経てベルリンの動物園駅《ツォー》まで。

そしてこれから『犬の年』という小説の中で最も感動的な場面がくる。ケルンからベルリンまで何百キロあるかわからないが、その長い道程を、ケルンの布教所に置きざりにしてきた犬、人間なら百歳をこえた老犬プルートが、主人マテルンの嗅跡を追って走り通してしまうのだ。この場面は、そのむかし訳しながらも、訳したあと本になってからも、何十遍読み返したかしれないが、読むたびにわたしは目頭が熱くなるのを覚えた。

マテルンが車窓の外を疾走する黒い犬に気がついたのは、マグデブルクに向う砂糖畑の中でだった。彼にはそれが信じられず、見たくないのでくもりガラスで外の見えない便所に閉じこもったりするが、犬が走っている事実から逃れることはできない。彼は犬がエルベ河を渡ることができずにそこで断念するのを願って、列車でエルベ橋を渡る。が、犬はそれでも現れるのだ。

《しかしマテルンと、いつのまにか半分ほど空になってしまった占領地区間列車が——ほとんどの客はマグデブルクで下車した——エルベ橋という救済的出来事をあとにしたとたん、エルベ東岸の蘆のなかから、前より数を増した妖怪がとびだしてくる。しかも今そこを疾走しているのは、マラトンとアテネ間を使命をおびて走るあのありふれた案山子どもばかりではない。かれらと並んで、まだエルベの水に毛を濡らしたまま、漆黒に光る一匹の犬が、ひとつの方向をめざして走っている、占領地区間列車のあとを追って！　競争が始まる、胸と胸をせって、犬と、平和の陣営（注・東ドイツのこと）を疾走する急行列車と。しばらくは犬が心もちリードする、というのは、平和の陣営の線路の路床は崩れやすいので、時刻表通りに走る方はそうスピードが出せないからだが、そのあとすぐまた犬が遅れだす、黒ばかりでマテルンを飽きさせないように。

おお、お前は犬プルートを、あんな動物愛護の競争相手のとこでなく、カトリックの駅内布教所に預けてくれればよかったのに！　あるいは、あの実証ずみの毒を盛るとか、棍棒で正確な一撃をくらわせればよかったのに、そうすれば半分盲目のあいつは、狩猟欲だの跳躍の歓びを目覚めさせずにすんだのに！　しかしいま、ゲンティレとブランデンブルクのあいだを疾走する一匹の黒いシェパードは、まるで犬年を何年も若がえったようではないか。畑の畝が彼を呑みこむ。狭い道が彼を吐きだす。柵が彼を十六分の一にする。美しい均一な跳躍の動き。しなやかな着地。力強い後脚の蹴り。あんな跳躍ができるのはやつだけだ。衝角関節からなだらかにおちる腰へかけてのあの線。八本の――二十四本の――三十二本の脚で。プルートが現われ、野なかに案山子どもを導いてゆく。夕陽にくっきり映えるそのシルエット。第十二軍がベーリッツに殺到する。神々の黄昏。最終構造。ああカメラがあれば。カット、カット！　お化けのクローズアップ！　最終勝利のクローズアップ！　犬のクローズアップ！　だが平和の陣営を走行中の列車から撮影することはゆるされていない。そこで撮影されぬまま、案山子の軍勢に偽装したヴェンク戦闘部隊と、ペルクーン、センタ、ハラス、プリンツ、プルートという名の一匹の犬は、引き上げ窓の奥で歯ぎしりしているワルター・マテルンと、同じ線を保って進む。ずらかれ、犬《フント》！　進め、犬《ドッグ》！　よけろ、犬《キヨン》！》

少年時代に案山子作りの天才だった友人アムゼルを思いださせる案山子の中を、老犬プルートは疾走しつづけるのである。ケルンの駅布教所を脱走し、おそるべき嗅覚でマテルンが占領地区間列車に乗って逃げだしたことを知って、ケルンから何百キロも。小説の中のこととはいえ、また小説だからそういう奇蹟も可能だとはいえ、しかしこのシーンは読むたびに感動させる。シェパードにはそういう天才があると信じさせる。

だが、その犬、エルベ河さえ泳いで渡ってしまった犬も、ベルリン近くの湖沼地帯の中でついに見えなくなってしまう。

しかし、マテルンがまっすぐ東地区（東ドイツ）に入らないで、その前にとりあえず西側の動物園《ツォー》駅で下車したために、犬が彼をとらえる。犬だけでなく、殴打して歯を三十二本全部折ってしまった義兄弟アムゼルにまで再会してしまうのだ。

《しかし占領地区間列車がツォー駅にとまるちょっと前になって、マテルンは、放送謝礼金の残りをまだふんだんにもっていることを思いだす。どうあってもこれは、ほんのいっときでも、下車して、この西独マルクを有利な資本主義的相場——一対四——で東独マルクに交換しよう（正規のルートでは西マルクと東マルクは一対一だが、闇では一対四に交換される）、それから電車で平和の陣営がわにゆくとしよう。その上彼はヒゲ剃り道具と替刃、靴下二足とシャツの替え一枚も買わねばならない、なにしろむこうにいったら生活必需品でも店にあるかどうか知れたものではないから。

そんなごくつましい欲望をもって彼は下車する。彼とともに、おそらくもっと大きな欲望をもった人びとも降りる。家族が家族の者を迎える。迎える家族もないマテルンのことなぞ少しも気にしないで。おれには出迎える者がないからな、とマテルンはちょっと苦い思いで考えたが、しかしマテルン出迎え者はそれでもちゃんと用意されていた。出迎え者が前肢で彼にとびつく。長い舌をだして出迎え者が彼を舐める。うれしそうな吠え声。くんくん鼻をならしての歓喜。わたしのことを忘れたんですか？　もう愛していないんですか？　わたしにいつまでも、犬死までもあの駅内布教所にとどまっていろというんですか？　犬のように忠実であってはいけないんですか？

そうだ、そうだとも！　よくやったぞ、プルート！　さあお前はまたお前の主人をとり戻したぞ。よく顔を見せてくれ。たしかにそれは彼だ、そして彼ではない。一匹のあきらかに漆黒の牡犬がプルートの呼びかけに答えているが、しかしその裂肉歯列には触っても一つの穴もない。ストップの上のあの灰色の島は消えた、目ももはややに目ではない。これは、どうふんでも八歳以上の犬ではない。すっかり若返って、ぴちぴちしていて。ただ首輪だけは前のままだった。失われたものがまた発見されたのだ、そしてもう——駅ではよく起ることだが——正直な発見者が名乗りをあげてきている、「失礼ですが、これはあなたの犬ですか？」

そう言って彼はきれいになでつけた頭からボルサリーノをとる。すんなりした気取った色男。声はひどいしわがれ声だが、そのくせ上等の葉巻なんぞをしゃぶっている。「この犬がわたしのとこに走りよってきたと思うとすぐツォー駅にとびこんでいきましてね、わたしをひっぱったままホールをぬけ、階段をあがって、ここへ、いつも遠距離列車が入ってくるところまできたんです。」

発見した謝礼がほしいのか、それとも知合いになりたがっているのか？　相変らず帽子を手にもったまま、彼はいっこうにその声帯をいたわろうとしないで、「おしつけがましくする気はありませんが、あなたにお目にかかれて幸いでした。わたしのことは好きなように呼んで下さい。ここでは、ベルリンでは、たいていは金歯男と呼ばれています。この慢性のしわがれ声と、純金の入歯のせいですよ、でも入歯なしではすまされませんのでね。」

その瞬間マテルンの胸の中で会計検査が行われる。すべての通貨が触れあって音をたてる。つい今しがたまで赤にそまっていた彼の心臓が、純金に包まれてしまう。脾臓と腎臓がドゥカーテン金貨ぐらい重くなる。

「へえ、なんて奇遇だろう！　それもこんな停車場で！　いったいどっちをよけい喜んでいいのか、ぼくにはわからない、またプルートに会えたことか——なにしろこいつはケルンに置きざりにしてきたんだから——それともこの、なんていったらいいのか、この意味ぶかい邂逅のほうか。」

「わたしだって同じですよ！」

「でもわれわれには共通の知人があるんじゃないかな？」

「とおっしゃると？」

「ほら、あのザヴァツキー夫婦。あの連中もきっとびっくりするでしょうな、もし知ったら！」

「そう、それじゃもしかしたら――間違ったらごめんなさい――あなたはマテルンさんじゃありませんか？」

「まあ、生き写しというところです。ともあれこの偶然は大いに飲んで祝うべきですな。」

「お供しましょう。」》

戦争中の襲撃事件にもかかわらず、そのために半殺しの目にあわされて、入れ歯がなければ一本の歯もない人間にされてしまったにもかかわらず、いろんなことのあった犬の歳月にもかかわらず、こうして偶然に彼らは犬のおかげでベルリンで再会し、ふたたび友情を育てあう。犬はまた救済者でもあったのだ。

この『犬の年』が描く犬の姿は、前に紹介したニキとはだいぶちがう。ニキがあくまで主人によりそい、主人を慕い、慕いつづけて死んでしまう可憐な犬だったのにたいし、この小説に出てくる犬は、シェパードということもあるが、どれもが王者の如く堂々としていて、あわれなところがぜんぜんない。ハラスはマテルンに毒殺され、プルートはケルンに置きざりにされたにもかかわらず、どちらも犬の王としてふるまい、人間もそのことを誇りに思っている。そしてそういう犬として、しかし彼らは、やはり人間の運命と深く関り、歴史を作ってきたのである。

ユダヤ人を何百万人も大量虐殺させたヒトラーが、一方では純血種のドイツ・シェパードを愛する人間であった、というところに人間の心の皮肉があり、作者はそこに目をとめて『犬の歳月』を語る気になったのだろう。ユダヤ人強制収容所の所長が、ガス室で大勢のユダヤ人を殺していながら、一方では熱烈なモーツァルト愛好者だったという証言もある。

犬自体は善でもなく悪でもない。ただ人間社会の中である役割を果たすとき、犬もまた悪の象徴となりうるのがおそろしいところだ、とこの小説は語っているようだ。

わたしはこの小説で狼犬とシェパードとの違いを知り、衝角関節だの、ストップだの、犬の判定のキイポイントを知り、そういうペダンチックな知識を得るたのしみも、小説を読む興味となりうることを知った。そしてそういう雑学にかけてならギュンター・グラスという小説家は比類がないのである。おかげでわたしはポーランドに接する昔のドイツのカシューバイ地方や、ダンチヒの通りや、そこでの暮しについていやというほど知らされ、一九三〇年代にナチスのハーケンクロイツ旗が現れ、増殖しはじめてから、その純朴な地方がどう変っていったかを認識した。

そしてそういう歴史の中に黒い純血シェパードの系譜が、あたかも時代の証言者のように立っていることに、作者の着眼のすばらしさを見た。代は替ってもすべての犬があたかも一匹の同じ犬のようにそこにいる。この感覚もまた犬を飼った者だけが知る、特別な感覚なのだ。

自分の場合

わたしの記憶では、一九五〇年代以前の日本ではあまり犬を飼う家庭はなかったように思う。わたしの少年時代は『犬の年』の主人公アムゼルやマテルンと同じ一九三〇―四〇年代だったが、わたしが生れ育った千葉県市川市――橋一つ渡れば向うは東京だ――でも、小学校の同級生の家で犬を飼っている家庭は一軒もなかった。

わたしの記憶にある唯一の犬は、大工の棟梁だった父がその人のお屋敷を建てて以来、のちのちまでずっと旦那として大切にしていたOという家のシェパードだけだ。盆暮に少年のわたしはそのお屋敷へお中元やお歳暮を、といってもそのころのことで品物は砂糖何斤かの入ったボール箱だったが、親に代ってとどける習慣だった。夏など裏口の木戸から入ってゆくと、台所に近い欅《けやき》の木の涼しげな木蔭に一匹の大きなシェパードが鎖でつながれてねていた。そのころの日本ではシェパードという外国犬を飼うことが家の格を示すステータス・シンボルだったのだろう。だが少年のわたしにはそんなことはわからず、シェパードはただこわいだけの存在で、親しみなどぜんぜん感じられなかった。そもそものころの子供にとって犬はそう親しめる生物《いきもの》ではなかったように思う。

わたしの通った市川尋常高等小学校というのは、生徒数二千人以上というマンモス校で、父兄には東京へ通うサラリーマン（当時は勤め人と呼んでいた）が多かったけれども、それでも上級学校へ進学させてもらえるのは一クラス五十人のうち七、八人しかいなかった。当時中学校へ子弟を進学させるのはこれまた特別のこととされていたためだった。実際はどのくらい費用がかかったか知らないが（月謝は五円だったと覚えている人もいる）、とにかく中学校へ通わせるのは贅沢で、金持ちの家庭だけがやることだとされていた。あとの四十何人は、小学校六年か、そのあと高等科二年通って、みな社会に出されて働く運命だったのだ。

そのことでも当時の日本の一般的な貧しさがわかるが、子供を中学校へ上げることができるのは、その家に経済的余裕があることの誇示でもあった。と同じように、O

家のように犬を飼うというのは、その家に犬を飼う余裕があることを示す、一種の社会的デモンストレーションであった。だから、子供を進学させられないようなふつうの家が犬を飼うなどは、僭上《せんしょう》の沙汰と見做《みな》されたのだろう。

そんなふうだから、あえて犬を飼うとなると、そこらにいる雑種でも在来日本犬でもなく、シェパードとかイングリッシュ・セッターとかの輸入犬を選んだのにちがいない。

当時の日本で最も熱心に専門に犬を飼い、研究した人の一人に、平岩米吉という人がいる。この人の著した『犬の行動と心理』（池田書店）は犬についての古典的名著だが、この平岩氏が代々飼い研究した犬種はやはりシェパードであった。

作家の志賀直哉は犬好きで、いろんな種類の犬を飼ったことを書いている。いまそれが『志賀直哉の動物随想』（新講社）という本にまとめられているのを見ると、ここでもやはり輸入種の方が多い。失踪した米《よね》という犬を探し出す話「犬」では、犬の種類はイングリッシュ・セッターだ。

「米《よね》は半月ほど前神戸の鳥屋から買って来た仔犬《こいぬ》である。イングリッシュ・セッターの至極《しごく》人なつッこい性《たち》で、それは安かった割に上等な犬故……」

とある。そしてその犬を見つけ出してくれた若者は、

「贅沢な犬で味噌汁をかけた飯は食わんので、魚を煮てやりました」

とあきれたように言っているから、当時ふつうの家での飼い方とちがって、志賀家では世間から見れば「贅沢な」食事を与えていたのにちがいない。経済的余裕のある家でなければできぬことだ。

また「クマ」という文章の初めには、

「前に岡本の谷崎潤一郎君から貰ったグレーハウンド——これは『蓼喰ふ虫』に出て来る犬で、亡くなった小出楢重君の挿絵にもある却々《なかなか》立派な犬だった——」

とある。谷崎潤一郎のような大作家が飼う犬は、輸入種の中でもとくに目立つ大型犬グレーハウンドだったのだ。これは頭部は小さく体軀は大きくすらっとしていて、ドッググレースの犬として有名な世界最速の犬である。狩猟の習慣がないのにイングリッシュ・セッターを飼ったり、ドッグレースがないのにグレーハウンドを飼う。これを以てしても戦前の日本で犬を飼ったのはよほど経済的に余裕のある家庭で、飼う以上は目立つ輸入犬を選んだことがわかる。犬の散歩は書生にさせるぐらいの家でなければ洋犬など飼わなかったのにちがいない。

だから、ごく平均的な市民の町市川あたりでは、特別な家でだけ洋犬を飼い、ふつうの家ではおよそ犬を飼う習慣などなかったのであった。昭和二十年前の日本の経済状態は、せいぜいそれくらいのものだった。一般の家庭は貧しく、今から見れば非常につましい暮しをしていたのだ。わたしたちの世代には、少年時に犬を飼って、犬に親しんだ体験を持つ者は、ほとんどいないだろうと思われる。

わたしの場合は四十七歳になるまで、一度も犬を飼おうなどと思ったことがなかった。

一九四五年の太平洋戦争敗戦後数年は、犬どころか人間が食うか食えぬかという飢餓と窮乏の時代で、とても犬を飼うどころではなかった。統計によると一九四六年度の完全失業者（一ヶ月間ぜんぜん仕事がなかった者）百五十九万人、月に一週間以下しか仕事のなかった者百九十六万人、合して三百五十五万人。これに月に二十日未満しか就業できなかった者を合せると合計六百万人が、完全失業かそれに近い状態にあったことになる。朝鮮戦争が起ったのが一九五〇年六月で、この戦争のドサクサによる特需で経済利益を得るまで、日本はおそるべき貧困状態の中にあったのだ。

わたしが大学を卒業したのが一九五〇年で、辛うじて就職した丸ビルの洋書輸入会社での月給が六千円、鎌倉の下宿代が三食付きで六千円だったから、就職しても余裕なぞぜんぜんなかった。

その後会社をクビになり(当時は労働法による身分保証もなく、失業保険もなかった)、一九五二年に結婚、同時に国学院大学のドイツ語講師になったが、ここでの月給は一万円で、とてもそれで夫婦二人食ってゆくことはできなかった。

わたしのおぼろな印象では、われわれの暮しが多少とも経済的に楽になったのは、一九六〇年ごろからではなかったか、という気がする。すなわち日本が高度経済成長なるものを始めた時代になってからだ。経済統計を見るとこの間、一九六〇年から六九年まで十年間の実質成長率は、五・一パーセントから一四・五パーセントという高率である。敗戦ドイツとともに日本のめざましい経済復興が「奇蹟の復興」として世界中の注目を集めた時代だ。

記憶が不確かだが、そこここであのやたらにキャンキャン吠えるスピッツが飼われるようになったのは、その時分ではなかったか。戦後の窮乏から脱していくらか余裕ができたとき、そのことを確認するためのように飼われだしたのが、貧弱な犬種とはいえやはり洋犬であったのは面白い。

しかしわたしはあのスピッツだけは好きになれなかった。やたらに吠える上に、顔つきがとげとげしていて、どこで見てもイヤな犬だと反感を抱いた。飼主までがこの犬のように安っぽく見えた。いまでもわたしには、あの犬は小成金趣味の象徴だったような気がしてならない。

が、そんな犬でも飼えるということは、その人が一戸建ての家に住んでいればこそである。わたしたち夫婦のように、そのころむやみと作られだした団地に住む者にとって、犬は依然として無縁なる生きものであった。

わたしたち夫婦は一九五四年、そのころ戦後の極度の住宅不足解消のために建てられだした団地の一つに運よく抽籤で当って入居することができた。典型的な団地サイズの作りで、六、四・五畳に、小さな台所、風呂場、便所、ベランダがついただけだが、それでもそれまで住んでいた六畳一間の下宿から引越したときは、なんというゆったりした贅沢な住居だろうと感激したものだった。いかにそれまでの日本の住宅事情が悪かったかということだが、その団地に住んで、当時「三種の神器」といわれた冷蔵庫、洗濯機、テレビを持ったとき、これで自分たちもようやく一人前の暮しができるようになったとよろこんだのだから、今から見ればいじらしいようなものである。

そこではむろん犬猫を飼うのは御法度《ごはっと》だったし、飼いたいという欲求も覚えなかった。が、団地サイズは所詮団地サイズである。しばらくすると書物と家具などが増えてどうにも仕方なくなり、その上に作り方のゾンザイなのも鼻についてきて、イヤでならなくなったが、まだ一戸建ての家を建てるだけの余裕はない。夫婦は実にその狭隘《きょうあい》なる空間に、一九五四年から七二年まで住みつづけるしかなかった。

日本が高度経済成長を遂げたといっても、まだまだ知れたものだったのである。経済学者正村公宏氏の『戦後日本資本主義史』（日本評論社）によると、一九五五年ごろ、日本の人口一人当りの国民所得は、アメリカの約十分の一、英国の約五分の一、西ドイツの約三分の一だった。それが一九七五年ごろには、アメリカの約六〇パーセント、西ドイツの約三分の二、英国の約一・一倍になったという。日本の生産や所得の水準がようやく欧米先進産業国に追いついたことを示す数字だが、これはいわゆるフローに限っての話で、社会的なストックとなれば英国などの足許に及ぶものでなかった。だが高度経済成長に浮かれていた当時の日本人は、その英国を「英国病」などと呼んでバカにし、とうに経済成長をなしとげた彼らの余裕ある生活の価値を評価できなかった。しかもその高度経済成長をなしとげた日本はといえば、大学教授で、大学の職務のほかに飜訳などしてせっせと働いていた人間でも、一軒の家が持てぬ程度だったのである。そのころ、日本ではとうてい家は持てぬと絶望し、外国を当ったら、ロンドン郊外ウィンブルドンのかなりな邸宅でも、ドイツ・ローテンブルクの四階建ての堂々たる石造建物でも、せいぜい二千万円ぐらいで、これなら入手可能な値段だった。日本では富はどこかにひどく偏っていて、個人には回ってこなかったのだ。

わたしがようやく自分の家を持つことができたのは、四十七歳になった一九七二年のことで、それも住宅公団の土地分譲に抽籤で当ったという好運があったればこそ実現できたのであった。ふつうでは地価が高くて一生家を持つことなどできなかっただろう。

わたしが宅地を入手したのは、横浜市の南郊の洋光台というところだった。ここはもともと三浦半島から鎌倉をへてずっとつづく新第三系の青灰色泥岩層地質帯に属し、低くて嶮《けわ》しい隆起と陥落がつづく地形だ。鎌倉では谷戸と呼ばれる急で狭い谷と嶮しい稜の重畳する中に灌木や木々が密生し、とても人の住める所ではなかった。

わが家に出入りする植木屋のヨッちゃんは、代々この土地に住みつづけてきた人だが、ここが開発される土地柄を、「夏なんざ、鼻をつまれてても誰だかわかんなかったくれえだぜ」というような表現であらわす。木々ばかり繁って、田も作れず、山中わずかに開いた畑があるだけの不毛な土地柄だったのだ。

そこを、戦後これこそ最も発達した現代土木技術によって、木を倒し根を抜き、山を崩し谷を埋めて、一挙に三万人が居住する平地に変えてしまったのである。その恩恵でわたしなどもやっと土地を手に入れることができたのだから、日ごろ土木工事による自然破壊を非難してきたわたしも、この件に関しては現代土木技術に感謝しないわけにいかなかった。

当時（一九七〇年代初頭）は日本の高度経済成長期の真最中で、新たに洋光台なんてへんな名を冠せられた土地は、公園も多く歩道も広くとり、その中に各戸百坪の土地を分譲するという、その後では考えられぬくらいゆったりとして理想的な造成計画で作られた。その土地を購入し、ほぼ同年輩の四十代半ばの働き盛りの住民が一番に住みついたが、それが二十五年後にはどういう結果をもたらすかを、そのときは誰一人想像していなかった。

わたしは四十七歳で、一九七二年四月初めに、新築成ったばかりの家に引越してきた。自分は一生団地暮しをするものと覚悟していたから、一軒の家を持つことができたのはうれしかった。そのうれしさに酔っているとき、妻の妹が、「新築祝いに何かさしあげたいけれど、何がいいかしら」と言ってくれたので、その一瞬前まではそんなことをこれっぽっちも考えていなかったのに、「それじゃ散歩用に犬でも貰おうか」と答えたのが、わたしと犬との関りが生れた初めであった。まったくいいかげんで、偶然というしかないが、そう答えたについては、潜在的にわたしの中に犬への思いがつのっていたのかもしれない。『ニキ』を読んだり、何より『犬の年』を訳したことで、わたしにも犬への関心が芽生えていたのだろう。

夏の初めわが家に着いた柴犬の仔犬にためらわずわたしはハラスという名をつけた。むろん、いくらかでも『犬の年』の名犬にあやかるようにとの願いをこめて。

これからのことはすでに『ハラスのいた日々』という本に書いたから繰返さないが、とにかく犬というそれまでぜんぜん無縁だった生きものが新たに家族に加わったことが、わたしたちの生活を一変させた。とても、たかが犬っころ一匹来たくらいで、どころの話ではなかった。当初はそのハラスと名付けた小さな生きものの存在が、夫婦をして一日中かかりっきりにしてしまったのだった。いま思っても当時の、仔犬が来たばかりの日々を思うと胸が躍るようである。わたしもまだ四十七歳で体力はあり、ハラスと名付けたその柴犬も非常な散歩好きであったから、その時分は犬とともに嬉々として実によく散歩した。

わたしは大工の子で建築には非常に興味がある。そして一九七〇年代というのは、日本でレディメードの家が商品として売られ始めた時期で、建築会社がさまざまな工法を競いあっていた。従来の伝統工法に対し、軽量鉄骨作りとか、柱を使わず合板材の組立てだけで作るツーバイフォーとか、規格の定まった軽量コンクリート板を組合わせるだけの簡便なたて方とか、とにかく何とかハウス、何とかホームと名乗る建築会社が次々と新しい製品を出していた。そして新開地に来たばかりで、土地に知合いの大工棟梁のいない住民は、大工よりもそういう大会社のブランドを信用したから、ほとんどがその手の耐久消費財と呼ばれる家であった。

新しい造成地のあちこちにその手の新工法の家が建築中で、それを見て回るのも面白い。また新開地の周辺にはそのころはまだ、元の自然がそのまま残っていたから、その昼なお暗いような崖下の急坂や、林や、藪の中の道を発見しつつ歩くたのしみもある。犬も自分が連れてこられた街と、そこに住む犬仲間を知るのがなによりの関心事らしく、朝は朝で一時間、夕方は一時間以上、犬とわたしは一帯をくまなく実によく歩き回ったのであった。

ニキの主人アンチャ技師のように秘密警察にとつぜん逮捕投獄される心配もない。アムゼルのようにナチスの突撃隊に襲われて半殺しにされる恐れもない。高度経済成長を謳歌する一九七〇年代の平和日本はまことに太平であって、不安があるとしたら、自分の人生がすでに真昼を過ぎて下り坂にさしかかったという漠とした感覚だけだった。自分の人生はこれだけのものだったかという諦念の向うに、老いと死が待っている感覚がある。

当時はわが街洋光台の隣りにさらに大きな港南台という新開地を造成中で、すでに造成は終ったがまだ家の建っていない地区がひろがっていた。元が非常な高低差のある土地を均《なら》したものだけに、ところどころ深い谷がえぐれていたりする。その造成地へくるとわたしは犬を引綱から離し、ボールを谷底めがけて放り投げる。

すると若犬は、ちょうどわが家に来て四、五ヶ月のころで、元気にまかせて急斜面を矢のように谷底めがけて下ってゆき、草の中からボールを探しだすとくわえて今度はその急斜面を疾走して駆け戻ってくる。その走りっぷりのみごとさは何度見てもわたしを感激させた。犬はなかなかボールを口から離そうとしないが、またわたしにとらせ、ボールを投げさせて、もう一度谷底への疾走をする。しばらくすると、枯草の生えた中を、草をなびかせて遠くまで走っていって、また戻ってくる。

そうやって夕方のひととき犬を充分に遊ばせ、やがてまた引綱をつけて、

「さあ、ハラス帰ろう」

と、西の方を見ると、夕陽の中にちょうど富士がくっきりと黒いシルエットを浮かび上らせているときだった、というようなことがよくあった。

そういうときある感慨がわたしの中に起った。

われらやがて、冷《つめ》たき闇に沈み入らん、
おお、さらば、あまりにも短かりし、
われらが夏の、生気ある輝きよ！

ボードレール「秋の歌」

もはや自分の人生の夏は過ぎた。これからは下り坂一方で、こうやって犬とともに秋を迎えるわけだな、というような、誰しもが中年過ぎたときに覚えるであろう感慨

を、わたしも抱いたわけであった。わたしたち夫婦には子がなく、中年過ぎて貰いっ子をしたように、こうしてハラスという犬がわたしたちの人生の中に入ってきたのだった。子がないという悲哀の棘《とげ》を、いくぶんかでも犬の存在がやわらげてくれるようなところがあった。

まだととのっていない庭を元気よく走り始めたハラス。家に来たばかりである。

一代目ハラス

生れて初めて犬を飼うことになって、何が一番変ったかといえば、日々の暮しがにぎやかになって、活気が出たということがある。仔犬のときはその可愛らしさによって、若犬になればその元気さによって、とにかく犬を中心にその日が動いてゆく。グラスの『犬の年』にも、

——中心に立っていたのは犬だ。

という印象的な一行があったが、わが家においても中心にいるのはつねに犬であった。

引越しはしたものの家を建てたばかりでわが家の財布は空っけつになっていたから、庭を作るところまではとうてい手が届かない。荒地のまま、辛うじて真中に煉瓦で花

壇らしきものを作っただけだったが、その円の回りを仔犬がまるまっちいからだでかけ回り始めれば、その愛らしさに夫婦していつまででも見ていて倦《あ》きない。ころっと横になって寝てしまえば、その寝姿に見とれる。

便がゆるければ心配し、便通がなければないでまた不安になる。

犬という生きものの性《さが》、習慣、健康度など、すべてが初めての体験で、そのたびに迷ったりとまどったりして探ってゆくしかない。犬とはいえいのちあるものが家族に加わったとは、それだけ心配が増えること、しかも人間以上に苦労させられることがすぐわかった。人間の子なら、幼児でも言葉があるから、痛いとか、お腹が空いたとか、要求や苦痛を言葉で表現できるけれども、犬には言葉がない。言葉がないということがこれほど大変な意思疎通の障害になるとは、犬を飼ってみて初めて体験することだった。すべてこちらが察してやるしかないのである。

犬の鳴き方、吠え方の一つ一つ、態度、表情の一つ一つをよく見て、向うの要求や気持を推察する。最初のうちはとんだ思い違いをすることもよくあったけれども、そうやって思いやる心構えを持ちつづけるうち、犬の気持や状態がだんだん手にとるようにわかってきたときのよろこびは大きかった。そうなって初めて犬という生きものが、心を通じ合う相手になったという実感が湧いてきた。

そして、考えてみればわたしは子供の時から言葉ある相手とばかり暮してきて、向うの気持や要求は向うが表現するものとばかり思っていた。それが初めて言葉のない相手と暮し、気持を察してやる心遣いをするようになったとは、わたしとしても初めての体験で、他者をこんなにまで思いやったことは今までになかったのではないかとさえ思われるのだった。とにかく犬と暮すようになってわたしが、人間以外の生きものの心を思いやるようになったことは事実であった。

相手は犬とは限らない。ほかの動物に対しても、犬を飼う以前と以後とでは、その感じ方がずいぶん変ったと、自分でも思うようになった。

メキシコを旅行中ある田舎町で、柵のある池の中で鰐が飼われているのを見たとき、彼らがほとんど身動きもせず陽にあぶられている姿に、なんとも言えぬ生の倦怠と悲哀の印象を受けた。鰐たちの感情がじかにわかるような気がして、以前ならこんなふうに感じなかったな、と思った。鰐も人間も同じ生きものなのだ、とむりなく感じたのであった。

もっともそれは人間の側の感傷にすぎず、実は鰐たちはそんなふうに感じてはいないで、餌は毎日貰える暮しを好んでいるのかもしれなかったが。

とにかく初めて犬を飼ってみて、たかが犬っころ一匹増えたぐらいではすまぬことがよくわかった。犬を飼うとは、ある意味では自分が変ることでもあった。犬は、恋しかったよとか、淋しかったよという思いを、全身で表現する。『ニキ』の最も感動的な場面も、技師やアンチャ夫人が長いあいだ家をあけていて帰宅したときの、ニキのとめどもない歓迎の姿であった。それが外での不快な出来事に冷えた飼主の心に火を点したのだった。

それと同じことを犬を飼った人なら一再ならず体験しているはずで、犬のその全身的な愛の表現に対して、人間の側でもおのずと愛を全面的に解放せずにいられない。そしてそのとき人は、ふだん人間どうしの社会生活の中で、こんなふうに無警戒に全面的に愛を流露させることがなんと少ないかに、あらためて気づかせられるのである。相手が犬なればこそそれが可能だったのだ。

犬が家族に加わったとは、その意味でもこっちの暮しをゆたかにしてくれることだった。

結婚生活すでに二十年の子のない夫婦の日常生活なんて、およそ考えうるかぎり寡

雪が好きで雪の朝はまっさきにとびだしてゆくハラス。

黙になりがちなものだ。必要事項以外に会話はほとんどなく、一日に何語しか発しない日も少なくない。四十七歳のとしにしてすでにそうで、以後年齢を増すにつれますますそうなっていったが、犬がいると犬をめぐって口をきかずにいられぬことがつねに起る。散歩中の出来事、犬の健康、出会ったよその犬のこと、イタズラの数々、食欲、便通、愛らしい仕草、腹の立ったこと、等々、犬が口をきかぬので人間が代ってしゃべることになり、それが夫婦間の会話になってもいるのであった。犬は生活を円滑に運ぶための潤滑油でもあった。

犬を貰うときに、「散歩用に貰うか」と言ったように、わたしはそのころ家にいるととかく歩かなくなったので散歩の友くらいにと思って貰ったのだったが、これはとんでもない間違いであった。犬というのは他のどんなことよりも散歩を好む生きものであることを、わたしはまだ知らなかったのだ。もっともこの点は犬にも個体差があって、必ずしもすべての犬がそうとも限らぬようだが、最初に飼った犬ハラスは徹底した散歩好き犬であった。

今日は宿酔《ふつかよい》気味だから散歩に行くのが億劫《おっくう》だなというようなときでも、ハラスはその時刻になれば部屋の前に腰を落し前脚をついて坐りこみ、目をランランと輝かせてわたしが出てくるのを待ちうけている。夕方など、仕事が終らないのでわたしがなかなか書斎から出てこないと、書斎の窓の外に坐りこみ、そのうち一声低く「ワン」と叫んで、「遅いな」とか「早くしろよ」と催促する。そうなってはこちらもそれ以上仕事に集中できず、「やれやれ、わかったよ」と出てゆかざるを得ないのだった。

散歩の連れにぐらいのつもりで貰った犬が、実は散歩強要者であったわけで、たのしいはずの毎日の散歩が、かくてわたしには朝に夕方に義務と化したのであった。わたしは前に『ハラスのいた日々』で、犬の定義をすれば、

――犬とは一度手に入れた権利を絶対に手離さぬ存在である。

ということになると書いたけれども、ことハラスに関しては朝晩の散歩の権利は断じてゆずらぬという気概に燃えていたのであった。

もっとも一度外に出れば、わたしとしてもまんざらきらいではないから一緒に歩きだすが、気分が積極的でなく早く帰ろうとして路を短縮しようとしたりすると、いち早くその気配を察してハラスは猛烈な力を発揮して路を曲らせず、遠回りのコースへ向う。散歩の主導者はあくまで犬なのである。こちらはハアハアあえぎながら力まかせに進む犬に引かれて、犬が臭跡を嗅ぎつつ進むのに付合い、犬の好きな方向へひっ

ぱられてゆくしかなかった。

それでもわたしの場合は力があるから、いざとなればむりやり家への道を選ぶことができるが、妻の場合は完全に犬の言いなりで、犬もまたそのことをよく心得ているから、いつまでも好きなようにひき回され、二時間もたってこっちがいい加減心配しだしたころへとへとになって帰宅するというようなことがしゅっちゅう起った。そういうとき妻は、「憎らしい犬だ」と言うが、それは本当にそのときそう思っていたのだ。まったく犬は可愛らしいばかりではない。自分勝手にふるまって、こっちのいう通りにならず、しばしば腹立たしく、憎らしい存在になった。

とくに日本犬の場合その傾向が強いようだった。洋犬は長い年月人間に飼いならされて、人間の命じるまま行動する性格になっているのに対し、日本犬は、紀州犬、秋田犬、四国犬、いや柴犬でも、いまだに自然のままの性質を強く残している。だから、家庭で最低限守らねばならぬ決りは守るが、それ以外のことは自分の好きにさせて貰うぜ、というようなところがあって、飼主の意のままになるとは限らないのである。そういうときはまったく憎らしい存在になるのだ。

「来い！」と命じたらすぐ来るようにするのは、犬を飼う上で第一に必要なことだが、ハラスを初めわが家に来た柴犬どもはどの一匹でもそれを守るやつがなかった。ハラスの如きは、いつかかなり離れた広大な県営墓地まで連れていったときなぞ、いざ帰ろうとして「来い！」と命じても絶対に従わない。そばまで来てもつかまえようとすると逃げ、つかまえられるものならつかまえてごらん、という様子を露骨に見せるから、わたしは腹を立て、とっとと大通りに出て歩道を家の方へ歩み始めた。するとハラスもわたしの後方で歩道を歩いてくるが、そのときでも「ハラス」と呼んでつかまえようとすると逃げ出す。わたしは本気で腹を立て、あともふり返らず歩きだした。

十字路を渡るときはさすがに気になって、ちらとうかがうと、わたしの十歩あとをついてきている。しかし、腹が立っているから知らんぷりして歩きつづけ、最後にどうしても大通りを渡らねばならなくなった。が、それでも寄ってこない。わたしが渡りおえたあと、もう車がどんどん走りだした道を歩きだしたときはさすがにぞっとしたが、いい按配に車の方で徐行して通してくれたので、このときばかりは車ぎらいのわたしも運転者に手を合わせたくなった。が、ハラスの方はそんなことも知らぬげに、結局そのまま家まで勝手に歩いてしまったのであった。

今でもその時のことを覚えているくらいだから、よほどに深刻な体験だったのだが、考えてみればそんなふうに人間に対すると同じように腹を立てたり、憎らしく思ったりすることで、われわれの生活は退屈しているひまもなかったのであった。帰ればわたしはすぐ妻に今の事件とハラスの態度について話さずにいられず、妻は妻で聞いて心配するというふうで、ハラスはそうやってしっかり生活の中に根づいたのだった。

これがただの愛玩犬だったら、可愛いというだけで、これほどわれわれの生活とつながることはなかったのではあるまいか。

わたしがハラスという柴犬を飼いだしたころ、スピッツの流行はもう終り、映画「わんわん物語」のせいで流行したアメリカン・コッカー・スパニエルの人気も衰えかけていた。かわって白いふさふさした毛の中にぽつんと黒い鼻と目がついたマルチーズが、可愛らしいとしてはやりだしていた。

大体日本での犬の飼われ方は、ある犬種が流行しだすと猫も杓子もそればかり飼うという傾向が露骨で、その代表的な、最もバカバカしく、犬にとっては残酷だった例は、先にも書いたように一九八〇年代に大流行したシベリアン・ハスキーの場合だろう。そのころは道を行く犬のほとんどがシベリアン・ハスキーというくらいだったが、ある時期にぱたっとその流行が終ると、もうかえりみる者もなく、この大型犬は捨てられ、悲惨な最期を遂げたのだった。

そしてその流行の中でも、アメリカン・コッカー・スパニエルや、マルチーズや、ポメラニアンや、ヨークシャー・テリアのように、極端に愛玩用に交配された犬種、一言でいって「可愛らしい」という犬種が好まれる傾向がある。わたしは何事でも時の流行に従うことがきらいな上に、「かわいい」という評価がきらいという、臍曲《へそまが》りである。現代の日本くらい、とくに若者のあいだで、「かわいい」ということが最高の賞め言葉になっている時代と国は史上なかったのではなかろうか。「凜《り》々しい」とか、「けなげ」とか、「気品がある」とか、「力強い」とか、「毅然とした」とか、「逞しい」とか、「雄々しい」とか、そういう価値が尚《たっと》ばれないで、ひたすら「かわいい」が最高の価値基準をなしている時代は、非常に未成熟な、積極性と主体性を欠いた時代ではないか、と思っている。わたしは「愛されることは何ものでもない、愛することがすべてである」というヘッセに賛成で、かわいがられる存在であることがそれほどに重視されるとは、人間としてどこか未発達で幼児性を残しているとしか思えないのである。

その現代日本人の価値規準と好みを代表したのが、「ポメ、マル、ヨーキー」の御三家犬への愛好にあらわれているのではないかと、わたしの嫌悪感は犬にまで及ぶ有様だった。そして、そういうただ「かわいい」ことのゆえに飼われる犬よりも、わがハラス犬のように、ときには不服従ゆえに憎らしくなっても、自然さと自主性を持った毅然たる日本犬の方が、どんなにか上等ではないかと、わたしの柴犬好みはつのるばかりだった。

ともあれハラスは、若犬のとき造成地の急坂を駆け下り駆け上って、ひときわ脚力の発達した犬になった。からだの中でも腿の筋肉がとくにやわらかくたっぷりしているので、横たわっているときなぞその肉に触って、

「いざ飢饉になったら、この肉を貰うとしよう」

などと冗談を言っていたものであった。

ハラスはのちに、夜はマイナス二十度にもなる雪山で三日二晩失踪したあと、奇蹟的に無事に宿に帰ってきた。その話を読んだ近藤啓太郎がわたしに、それは若いときよほど筋肉を鍛えてあったから助かったのだ、ふつうの犬ならそんな寒さと飢えの中で生きのびられやしない、と言った。近藤は名だたる紀州犬の飼育者で、日本犬については専門家と言っていい男だから、この判断は正しいのだろう。実際わたしにとっ

恋の鞘当て。ゴン(右)、ハラス、雪中の決闘。

ても、ハラスのその雪山からの帰還は、あとでそのことを思い出すたびにゾッとするような事件だった。

ハラスのことは全部『ハラスのいた日々』に書いたのでくり返さないが、はじめわたしにはそんな犬の本を書くつもりはぜんぜんなかった。が、ハラスの死んだ喪失感があまりに大きく、いつまでも悲嘆から脱けだせないでいるのを見た文藝春秋社の編集者高橋一清さんが、いっそハラスの思い出を書いたらどうですか、その方が早く悲しみから脱けだせるのではありませんか、とすすめてくれた。わたしもその提案はもっともだと思い、私家版わが犬の記を書くぐらいのつもりで、まだ生々しいハラスの思い出を書いたのだった。

その本が出版されたのが一九八七年、つまり高度経済成長成熟期で、日本でもさかんに犬が飼われ始めたころであったせいか、これは高橋さんやわたしの予想を超えてよく読まれた。犬の本への反響はふつうの本のそれとまったくちがうことも、この本を出してみて初めてわかった。ふつうの本の場合は読者からの直接の反響はめったに来るものではないが、『ハラスのいた日々』に対しては出版直後からひっきりなしに読者の手紙が届いた。しかもそれはどれも長いのが特徴で、犬に死なれた辛さを記したものが圧倒的に多かった。わたしが現代人にとって犬の持つ意味がいくらかわかるようになったのは、何千通を越すそれらの手紙によってであった。

人間の死に対する以上の悲嘆を犬の死がもたらすこと、その喪失感と悲嘆の大きいあまり心身の不調を来たした人さえいること、その救いようのない思いをわたしのハラスの死への思いを記した文章を読むことで慰められたこと、などがそれらの手紙に共通するものだった。つまり人間の犬に寄せる思いのほどが、ときとして人の人に寄せるそれ以上に深く切実であることが、それらの手紙によってわかったのだった。

同時に、自分の孤独な暮しが犬のいることでどれほど救われているかということも、多くの人が書き記していた。子が都会へ去って老人夫婦だけになった人が、犬のいることで、暮しに明りがともったようになったと記しているかと思えば、一人暮しの人が犬に愛をそそぐことで孤独感を免れている場合もあった。何人かの人が、そういう思いを文章にし印刷したものを送ってきた。

そういう手紙の中でわたしがとくに身近に感じたのは、アテネから来た西村六郎という方の手紙だった。この人は日航アテネ支店に勤めているのだが、アテネまで柴犬を連れていったほどの愛犬家で、ケンジという犬の行状を記した手紙はいつ読んでも面白かった。アテネの明るい陽光の中にいるケンジの写真を見ると、日本犬が外国にいるけなげさみたいなものがそのどの一枚からも伝わってきた。この西村氏夫妻も、わたしのところと同様、子がいない家庭であった。

この西村さんはケンジが十六歳四ヶ月で死んだあと、やはりその思いを本に記し『ケンジの日記』(文藝春秋)として出版した。その中に、「子供のいなかった私たちが、ケンジがいるだけでどれだけ満たされた気持を味わって来た事であろう」と記しているところがあるが、これこそ多くの人の気持を代弁したものだとわたしは思った。

また豊中市に住む備中省七という方は、歌人で、犬を詠んだ歌をふくむ歌集『海に降る雪』を送ってくださったが、犬への思いをじかに表現するには散文より歌の方が向いている、とそれらの歌を読んで思ったことであった。

もの言わぬ犬が私を理解する奴かも知れぬ助手席にいて
夜おそく門の傍にて吾を待ちし犬ペルの背に雪積みており

そういう元気なころの歌のあとに、犬が病み、死んでゆくのを看とる辛い歌がある。

そして犬に死なれたあとの思いをうたったこんな歌は、わたしにもそのまま通じるものだった。

亡き犬がいつも涼みていし部屋を覗いて通る日に幾度も
ポケットに亡犬の写真を持ち歩く「いつもどこでも一緒に居るよ」

それからさらに何年かたっての歌。

三匹の犬の写真を卓上に犬なき家族となりて三年
来世に僕を待ってる犬がいる朝早くより涅槃西風

まったく犬の絆は見知らぬ人どうしをして同じ思いで結ばせるものだ。
上田市に住む金井良則、美智子という御夫妻は、愛犬に死なれた思いを記した『ポンタの生涯』という百ページ余りの私家版を送ってくださったが、そこには来たばかりの幼犬のかわいさから生涯の出来事が克明に記されていて、やはり最後の最も辛い日々がこまかく書いてあった。

「晩秋の透き通るような秋晴れの朝、愛犬ポンタが、十八年の生涯を閉じました。たかが犬一匹とお笑いでしょうが、私ども夫婦にとっては家族の一員であり、かけがえのない存在でありました。夫婦の会話の中心はいつもポンタでした。」

後記に記されたこの短い文章だけでも、犬を愛した人にはその思いが完全に伝わってくるのである。

『ハラスのいた日々』の読者から来た手紙はその多くが、人生全般の中で犬の存在の持つ大きな意味を訴えていた。それらを読んでゆくとそのむこうに、なんとなく、人と人との関りの難しくなった現代社会の姿が見えてくるようで、現代人は人間関係がうまくいかないからその代償を犬に求めるということかもしれないな、と思われるほどだった。それはやはりさむざむとした風景とでもいうしかないもののようであった。

ハラスの死後

最初の犬ハラスに死なれたあと、その悲しさと辛さを二度と味わいたくなかったので、もう犬は飼うまいと決心した。ハラスが死んだのが一九八五年で、わたしはちょうど六十歳の還暦を迎え、これから飼うとなると犬の寿命まで十五年は生きなければならぬとして、それまで生きられるかどうかもわからぬのに無責任に犬は飼えないという思いが強かった。

あとでわかったことだが、しかし、犬に死なれて一番深刻な体験をするのは、最初に飼った犬に死なれたときなのである。あとになると、死なれればむろん悲しく辛い思いをするに決っているが、これ一回きりという感じだけはしなくなる。犬族とのつながりはまだつづくという感じの方が強く残って、またすぐ次を飼いたくなる。

『ハラスのいた日々』がテレビ劇化されることになったとき、男の主人公役は小林桂樹さん、女の主人公役は八千草薫さんがすることになった。八千草さんは夫の映画監督谷口千吉氏ともども昔からの極めつきの愛犬家であることをそのとき知った。そしてお二人のように飼いなれた人となると、飼っていた犬が死んで八千草さんがまだ目を泣き腫らしているそのうちに、谷口氏はもう次の犬をケンネルから買ってくるのだそうで、ハラスのあともう犬を飼う気になれないでいたわたしを仰天させたものであった。個体の死よりも犬族とのつながりの方が強いのだ。

ついでにいうと『ハラスのいた日々』はその後映画にもなり、こちらは女主人公が十朱幸代さん、男主人公が加藤剛さんで、こちらはテレビ劇よりも作ってあったが、いずれにせよ自分たちの体験を俳優諸氏が架空のドラマとして演じるのを見るのは、奇妙な感じのするものであった。わたしは、文章に書いたものと映画はぜんぜん別のものと初めから割切っていたからまだしも平気で見ていられたが、妻の方は俳優さんがあまりに事実そのままを演ずるので、辛くて見ていられなかったといっていた。

犬の映画ではしかしなんといっても真の主役は犬たちである。そのために松竹大船撮影所には特別に映画用に訓練された柴犬が集められていた。仔犬から老犬まで四匹ばかり日本犬のくせにどれもそれなりの演技をするのには感心させられたが、その一方で、犬の身になって考えると、人間のために不自然な芸をさせられて、あわれなものだという気がしてならなかった。また、そんなふうに演技ができるようになった犬を、自分で飼う気にはなれなかった。映画に出た仔犬を、望むなら譲ってもいいと言ってくれたのだったが。結局若犬役をした犬を加藤剛さんが飼うことになったらしかった。

が、とにかくそのころ、わたしにとって犬はハラスだけであり、ハラスが死んだあとまた元の犬のいない暮しに戻ってしまった。ただしそれは犬への関心がなくなったということではなかった。一度深く犬を愛し、犬を十数年も伴侶として暮したことのある者は、自分はもう犬を飼っていなくても犬への関心を失うことはありえない。目はつねに犬に注がれている。

ハラスは晩年八歳のとき、二軒おいた隣人の家の当歳の柴犬とつがって、その牝犬が丈夫な六匹の子を生んでいた。これがハラスの血のつながる唯一の者たちで、そのうちの一匹はわたし方の前の家に、一匹はうしろの家に貰われていったから、ハラスの死後はそれらの犬を見てはハラスを偲《しの》ぶことになった。

前の家の人たちが一家中留守のとき、その犬リーフをあずかって散歩させたりした。犬というものが、親子といえども、個体差とその家での飼い方によって、こうもちがうかと知ったのは、そのときだった。リーフは牡犬のくせに非常に用心深くかつ臆病で、絶対に他犬と接触しようとしなかった。これは彼がまだ幼犬のころよその犬と接触してギャンギャン嚙みあうようなことがあり、そういうことのきらいな奥さんが、以後リーフをよその犬と触れあわせぬようにしたせいのようであった。父親ハラスは他者に対する関心が強烈で、かつきわめて友好的な犬であったから、親子でもこう違うかと驚いた。

しかしリーフの飼主は、犬の病気その他に対してもきわめて用心深く、そのせいかリーフは十五歳と何ヶ月か、ほぼ十六歳に近くまで長生きした。晩年には耳が遠く、痩せさらばえ、かわいそうなくらいであったが、柴犬の平均寿命十三歳をはるかに超えるまで長寿を保ったのであった。ただその最後のころの非常な老耄《おいぼ》れぶりを見ていると、あまりにいたいたしくて、はたして犬にとって長寿が仕合せかどうかと疑われた。

人間の場合も、日本人の平均寿命は年々に伸びる一方のようで、それにともなうボケや老耄れ、寝たきり老人などは現代の重要問題となりつつあるが、この場合もはたしてただ長生きするだけが当人にとって幸福かどうか、と疑われるのと変らない。長寿イコール幸福の延長というのは、あらためて検討すべきテーゼで、わたしの感じではこれはたんなる迷信にすぎないような気がする。たんに肉体の長生きするだけが、人間にとっても犬にとっても、仕合せなことだとは言えまい。

もう一匹の、わたし方の裏の家に貰われていった犬は、きょうだいの中で一番のチビで、幼犬のころはこれは長生きできないのではないかと心配したものだったが、この犬も非常に長生きし、やはり十五歳と何ヶ月かまで生きた。チャチャと名付けられたそのチビ犬は、からだが小さい代りに非常に身が軽く、一メートルほどの生垣は軽く飛び越えて、よく脱走した。そして脱走してまっさきにすっとんでくるのは、ハラスのいるわが家であった。

この犬はリーフとちがって非常に人懐っこく、ハラスとじゃれあい、わたしにも尻尾を振って熱烈によろこびをあらわすので、わたしも愛せずにいられなかった。同じ柴犬で、同じ親から生れても、その置かれた環境と個体差で、それぞれぜんぜん違う個性になるところが面白かった。わたしはこのことを見るたびに「氏より育ち」という古い言葉を思いだし、犬から人を連想しては叱られるかもしれないが、中国残留孤児の場合を考えたものであった。

戦禍の中で中国に置きざりにされ、中国の養い親のもとで育って、中年を過ぎて生れた国日本で肉親を探す。その運命は不幸というしかないが、幼時から中国社会で育ち、中国語しか話せず、中国の風俗習慣の中で自分を作りあげた人は、いったいどこの国の人というべきか。人を作るのは文化であるとすれば中国人であり、血を重んずれば日本人だが、わたしにはどうも前者の方が重いのではないかという気がしてならなかった。

ともあれ、わたしが洋光台という新開地に引越して来て、この未知の人ばかりの街で知合いになった人々は、隣り近所をのぞけばすべて犬と囲碁を通じて知った人たちであった。その中でも犬を通じて知合った人には、一種特別の親しみを覚える人が多かった。そういう人たちとは、ハラスが死んだあとも、犬の思い出によって関りがつづいた。

庭石の上に坐る癖があるのは、初代ハラスと四代ナナだけ。

二代目マホ

しかし、犬好きはやはり犬のいない生活に我慢ができなくなる。ハラスが死んだあと五年間は、何度かまた飼おうかという衝動に駆られては、そのたびにたまらない気持になったが、自分の年齢を考えるとなかなか飼う決心がつかなかった。前にいったようにハラスが死んだ年にわたしは還暦を迎えた。勤め先の大学の方は、その五年前に自主停年と称して辞めていたから、還暦といっても何一つ変ることはなかったけれども、心理的にこれは老いを実感させる節目である。あと何年生きられるかと思えば、なかなか新たに犬を迎える決心はつかなかったのだった。

犬のいない日々がつづいて何が一番変ったかといえば、夫婦して旅行に出かけることが可能になったことと、毎朝毎夕の散歩の習慣がなくなったことだった。

犬がいるあいだは、夫婦どちらかが家にいて世話をしなければならず、国内旅行でも外国旅行でも別々にしかできなかった。が、その負担がなくなると誰はばかることなく出かけられるようになり、年に一、二回は外国へ行くようになった。ドイツ、スコットランド、スペイン、アイルランド、ブルガリア、ユーゴスラヴィア、メキシコなど、このころが最もよく夫婦して旅行した年回りであった。六十代前半というのは、まだ十五、六時間のフライトの苦業に堪えられる年齢である。

以前なら、外国へ行けば必ず犬猫用品店をのぞき、首輪とか引綱とか、ハラスのためのおみやげを買ったものだったが、彼がいなくなってはそのたのしみも失われた。家に戻っても、門のわきの郵便受けに乗って待ちつづける犬の姿がなく、いろんな形でその不在のさびしさを感じさせた。

そしてふだんの生活でも、今までは必ず犬を連れて歩く習慣であった者が犬なしで歩いていると、

「おや、今日はご家来はお留守でございますか」

などと犬の死んだのを知らぬ人にからかわれたりする上に、老人一人が歩いている姿は他人の場合でもどこか物さびしげに見えるもので、それがいやさにわたしはまっ

たく一人で散歩することがなくなった。街中どこでもハラスと共に歩いた思い出のしみついていないところはなく、それをそのつど感じさせられるのも辛すぎるということもあった。とにかく歩く習慣がなくなって、一番その影響が顕著に現れたのは脚であった。

ある晩わたしは風呂の中で自分の脚をつくづく見て、その衰えぶりのはげしさに愕然とした。腿のあたりは筋肉が退化したため皮膚がたるみかけている有様で、まるで自分の脚のようでなかった。そしてそのとき初めて、六十過ぎた人間の場合、使わないでいると筋力は速かに衰える一方だという事実を直視させられたのだった。

わたしは二十代から四十代終りまで年間最低三十日、最大百日もスキー場に通ったスキー狂で、脚の筋肉の発達していることを自慢にしてきた人間だった。四十代のころのある晩銀座のバーで岡本太郎画伯と一緒になったとき、岡本太郎も当時スキーに熱中しているのを聞いていたのでスキーの自慢をすると、スキー技術は腿に触ってみればわかるんだということになって、いきなり彼はぎゅっとわたしの膝の上の筋肉をつかみ、「や、これはおれよりすごいや」と感心させたことがあったくらいのものである。歩くのも速く、自慢の脚だったのだ。

その自慢だった脚の筋肉が、ハラスの死後、スキーにも行かず、散歩もしない日々が重なると、わずか五年にしてかくも急速に衰えるかと、わたしはわが貧弱なる腿を見て心底びっくりした。恐ろしくなった。老いの到来をまざまざと見せられた気がして、これはなんとかせねばいかんと思った。

といって、わたしはゴルフなどをする気はなかった。碁会所の仲間にゴルフ狂の男がいて、使わないゴルフ道具一式進呈するからゴルフを始めなさい、いやおうなく歩くからからだにいいよ、としばしばすすめてくれたが、そのたびにわたしは「いまこの日本でゴルフなんかやる奴は国賊だ」と言って断った。

当時は高度経済成長の一つのあらわれとして、日本中の山林が潰されてゴルフ場にされかけているのをわたしは知っていた。空から見るとそこにもここにも緑の山肌が無残に削られて土が露出している所があった。ゴルフ場で芝の保存に使用する農薬が沢に流れ出して、池や田を汚染する騒ぎもほうぼうで起っていた。

その上に、ゴルフをやる人達と列車の中などで一緒になるたびに、彼らの傍若無人なふるまいに腹を立てているということが重なった。ゴルフ場は役人や業者の絶好の接待の場になっていると聞いていたが、わたしが見かける連中はみなそんな連中のようだったのである。だからわたしは「国賊だ」と大袈裟にくさしたのであったが、冗談とはいえこれはある意味ではわたしの本音であった。ゴルフ場作りという当時の大流行も、平気で自然を破壊する濡手で粟式の、安直な金儲け工作以外の何物でもないと知っていたから。

そこでゴルフをやるのなぞは論外として、とにかく歩かなくなったことが、この急速な衰えの元凶であった。

そして、歩かねばならぬと考えたとき、まっさきに浮んだのが、「また犬を飼うことにするか」であったのは、どういう理由であったろうか。

そのころはわが街でも、犬を飼う人が急速に増えて来ていた、ということがあった。夕方なぞ自慢そうに犬を連れた中年夫人や老人が、歩道を次々と通っていった。そのある者たちは、大きな公園の中にあるフェンスで囲われた野球場で犬を離し、勝手に犬たちを遊ばせていた。

ある夕方わたしはたまたま通りかかりに見たが、それは実に犬好きの魂を揺るがせずにおかぬ光景であった。

犬たちが、大きいのも小さいのも入り混って、一群となって野球場の中を疾走したり、そこかしこでふざけあったり、上になり下になって遊んでいる。どれもがまだ当歳くらいの若犬らしかったが、全身全霊をあげて犬たちが遊びに夢中になっているさまは、いくら見ていても倦《あ》きなかった。そのときわたしは痛切に、おれも犬を連れてこの遊びに加わりたい、という強烈な衝動に襲われた。

そういう体験をしていたせいだろう。わたしは風呂場でわが脚の衰えに愕然としたあと、まっさきに考えたのは、これはまた犬を飼わねばならん、ということであった。妻にその決心を伝えると、わたしの腿の衰えに対する恐れを知っている彼女は、「仕方ないわね」と答えただけだった。

といってもそのころはまだ手軽にペット・ショップにいって買ってくるという考えは浮ばなかった。犬を求めるなら信頼できる血統よき犬をという頭があって、わたしがまずしたのは、日本犬の専門家と言っていい小説家の近藤啓太郎に相談することだった。近藤は紀州犬なら各地の飼育者を知っているが、柴犬では見当がつかぬらしく、日本犬保存協会の理事の名をあげ、この人に相談したらよかろうと言った。その人に早速連絡すると、自分のところの柴犬がもうじきお産をするからそれを見ますか、という。願ってもないことと思い、わたしはそうすると答えた。

それからしばらくしてその人から生れたと通知があり、三週間ほど待って、神楽坂に近いその家を訪ねた。犬のブリーダーというからには、ゆったりした空間にいくつか犬舎がある所なのだろうと想像していたわたしは、狭い庭に針金のケージを積み重ねて何頭も飼っているその飼い方に仰天した。子を産んだという柴犬は黒の精悍《せいかん》そうな面構えの犬で、子は一匹しかなく、わたしがいったときはケージの中で母親がその子を容赦《ようしゃ》なくいじめているところだった。仔犬はキャンキャン鳴いて親に抵抗していた。わたしにはいじめとしか見えなかったが、飼主は「ああやって子供を教育しているのですよ」というので、専門家の見方が正しいのかと思うしかなかった。

その仔犬をケージから出したのを受取ると、親は黒だが子は茶色で、ころころ太ってなんともかわいらしい。いかにもやんちゃそうで野生児然とした顔つきが気に入った。親が初産で、二匹しか生れず、一匹は死んだという。わたしは日本犬保存協会の理事の作った犬だからと信じて、それを貰うことにした。二週間後にその人が車で仔犬を連れてきた。

わたしたちは今度はその犬にマホという名を与えた。ゴヤの「裸のマハ」の男性形がマホで、これにはいなせな、小粋な、の意がある。伊達女、伊達男という意味にや

マホのいたずらには手を焼いた。
靴、下駄、カバン、眼鏡、何でもかじる。

んちゃなという気持をこめてそう名付けたのは、連れてきたばかりのこの仔犬が元気のいいのはいいのだが、猛烈ないたずら小僧であるのがわかったからだった。

とにかく犬とともに旋風が舞いこんだようなものだった。妻は仔犬が動いて何かするたびに悲鳴をあげた。なにしろいたずらがはげしい。今度の犬は、前の犬ハラスの穏やかだったのにくらべたら桁違いにやんちゃ坊主で、胆が太くて、暴れん坊で、同じ柴犬でも個体差がこうも大きいかと驚くばかりだった。

家の中じゅう走り回り、物をひっくり返し、破壊する。サンダル、スリッパなどをくわえてゆくのはまだいいとして、革バンド、眼鏡、靴、籐椅子の脚、木の階段、すべてを鋭い乳歯で嚙んでダメにしてしまう。客の革カバンとて油断していればくわえてゆくし、とにかく一日中仔犬の引起す騒動にひっかき回されることになった。

それまで五年間、わたしの六十歳から六十五歳まで、子のない夫婦の日常では、一日中同じ家の中で暮していてもたがいにものを言うことはあまりなく、決りきった毎日で、ひっそりと一日が過ぎてゆく。それが、新しく元気いっぱいの仔犬が一匹加わったことで、その穏やかな日々がめちゃくちゃになった。と同時に、退屈もまたふっとんでしまった。

犬という活潑《かっぱつ》な生きものが加わったために、その活潑性はこちらにも伝染《うつ》り、歩くにしても大手を振って大股にかなりの速度で歩く。なにをするにもそのように気分が積極的になったことが、犬が来ての一番の効果であった。夫婦二人きりで暮しているとつねに老いという意識が頭を去らず、近い先に死の待っている感じがあったが、犬が来てからは老いの自覚もどこかにすっとんでしまった。

マホ犬が来てわたしが真先にしたのは、むろん公園に遊ぶ犬達のお仲間に入れてもらうことだった。ほんの幼犬だったが、わたしはマホを公園につれてゆき、恐る恐るフェンスのある野球場に入った。夕方で、野球場にはもう、コリーやラブラドール、アフガン・ハウンド、漆黒のドーベルマン、シベリアン・ハスキーといった大型犬から、柴犬五、六匹にミニチュア・シュナウザー、雑種犬など小型犬が、全部で二十四近く放たれていた。わたしは思い切ってマホを引綱から放した。

マホは小さなからだでそれらの犬の群の中に恐れ気もなく走ってゆき、群にとびこんで、たちまちもみくちゃにされた。こいつ何者だというように臭いを嗅がれ、つっころばされても、鳴声一つたてず嬉々として彼らにたちむかって、ころがされたりころがしたりし始めた。わたしは、その昔ハラスの場合を体験していたのである程度は安心していたが、しかしマホは初めての犬群に入るので危惧の念も強かった。が、そうやって手荒い洗礼を受けながら仲間に受け入れられ、やがて彼らと一緒に広い野球場を全速力で疾走し始めたのを見て、心が慄えた。まったく犬たちが、大きいのも小さいのも一緒に全力で走り回るのを見るくらい感動的な眺めが、他にあろうか。わたしはようやく念願が叶《かな》って、心の中によろこびがみち溢れた。犬でもいなければこういう強いよろこびを六十五過ぎた老人が味わうことはめったにない。

それからは夕方になるのを待ちかねてマホは公園に行きたがり、行ってお仲間に会えばたがいにつっころばしあったり、走り回ったりして、活潑に全身で遊びに熱中するようになった。犬は感心なもので、たがいの素性さえ納得すれば、大型犬も小型犬もけんかせずに仲間として扱うのだった。強く大きい者がやっつけてばかりいず、相手をころばすと次は自分がころぶ役になって、腹を上にひっくり返ってみせるのである。

ちょうどそれはシベリアン・ハスキーが大流行しだしたばかりのころで、野球場にも毛の粗い青い眼の光るのが何匹か来ていたが、そういう野性の強いソリ犬でさえ遊びの仲間に入っていた。これを見ていてわたしはしばしば中野好夫さんがよく言って

マホとお仲間のカムカム。二匹とも走り疲れて、
息をハアハアいわせている。
カムカムは保健所から貰われてきた幸運な犬。

いた「人は獣に及ばず」を思い浮べたものだった。人殺しをしたり戦争をしたりするのは人間だけで、動物はそんなことはしないのだから。

そしてそのあいだ飼主どうし立話をして、いつのまにか犬飼い仲間の親愛感で話をし始めている。六十六、七の老人が中学生や高校生の女の子と近づきになるなんて、ふつうならあり得ないだろうに、犬を媒介としてそんな年齢をこえた者どうしの知合いもできたのであった。これもまた犬を飼ってこその効果というものであろう。

そしてマホが来て半歳もたたぬうちに、わたしの腿にはまた筋肉が甦って、それを自覚すると気分までが若返ったようになった。考えてみればそれも当然で、朝三十分、夕方一時間、歩数にして一万歩以上毎日歩いていれば、いやでも筋肉がつかぬはずはないのであった。人間の全身の血液の循環の原動力は、腿の筋肉を使い、その動脈の働きを活潑にすることにあるという。そのとおり、わたしは歩きだしてからはそれ以前の犬のいない五年間よりは元気を取り戻し、なにより気分が積極的になってきたのが大きかった。マホは乱暴者でわれわれを困らせたけれども、その代償として飼主に生命力を賦活《ふかつ》する働きをしたのであった。

そしてまもなく野球場での疾走にも、彼は独特な才能を発揮し始めて飼主をよろこばせた。というのは、マホ犬は他犬と一緒に疾走しながら、つねに相手犬の尻尾をくわえるかくわえない位置を占めて、相手が急旋回しても、速力を増しても、決してその距離を失わないという特殊な能力のあることを見せだしたのだった。これには見物する飼主たちがみな感心した。

「まあ、マホちゃんの走りは優美だわねえ。走りの天才だわねえ」

と奥さん方から感嘆の声があがると、犬はその賞讃がわかるかのように、ますますしなやかに疾走しつづけるのだった。

こうしてふたたび犬のいる暮しが始まって、わたしの犬に対する渇えは癒されたが、そのかわりに犬のいるわずらわしさは必然的に受け入れねばならなかった。犬というものは一度得た権利は絶対に手離さぬ動物だ、と前にわたしはハラスを見ていて定義したことがあったが、マホにおいてもそれは変らなかった。とにかく朝夕の散歩はしつこく要求するし、食事は少なくとも日に一度は作ってやらねばならず、相変らずいたずらは止まぬで、老夫婦の一日の会話の大部分は犬を中心にしてなされる。犬がいるために一日として静かな日はないのである。

マホは図々しく初めから家の中を住居とし、客間の籐椅子の上をわがものにしていた。よごれるから敷布の古いのを上に敷いておくが、それもすぐ真黒になってしまう。そして一年が過ぎるうちにめきめき大きくなって、計量すると二十キロを超える大犬になっていた。前のハラスは十キロで、これが柴犬の標準体重だが、二十キロとは大きすぎ、これは出来損いの柴ではないか、と疑われた。そこで近藤啓太郎に相談すると、それは柴以外の血が混ったに決っていると断言し、日本犬保存協会の理事にそのことを伝えたようだった。理事からすぐ電話があって、まもなく車で現れ、一目見て「これは出来損いだ。引きとります」と言った。近藤は四国犬とつながったのではないかと疑っていたが、そういうことは絶対になくて、たまに隔世遺伝で先祖にいた大犬の血が出現することがあるのだと言う。しかし、引きとるといっても、もうわが家に来て一年以上、愛着がわいているからこれはこれでいいよ、と言って引きとって貰った。

しかし、生れたばかりのときに母親の猛烈ないじめにあったせいか、マホはどこか深いところに他者不信のような本能があるらしく、一番困ったのはわれわれにさえ抱きあげさせぬことであった。また獣医が大きらいで、決して犬猫病院には入らぬし、獣医にわが家へ来て貰っても、必死で逃げまわり、つかまえて診させることができない。つかまえても全力で抵抗し、注射などとうてい不可能なのであった。だから、目方も家ではかって、フィラリア予防薬なども診察せずにその体重に見合うものを貰ってきて与えるしかなかった。そういう点ではハラスよりはるかに野性の強い犬なのだった。

それに要求にかけては図々しい。ハラスはいくら散歩にいきたくとも、声を上げて要求することはせず、ただ目をらんらんと光らせて狛犬のように待ちつづけるだけだったが、マホはそうではなかった。

朝は冬ではまだ暗い五時ごろ、わたしの寝ている二階に上ってきて、寝室のドアをトントン、ガリガリやりだす。うるさいと叱って、扇子で尻をピシャリと叩いて以来それはやらなくなったが、今度は悪辣《あくらつ》にそっと、カリッ、トン、とわたしが起きだすまでやるので、目が覚めてしまうことに変りはない。そこでやむなく起き上がって、

「うるせえ野郎だ」

と、その日最初の科白《せりふ》を口にすることになる。

まったくマホが来て以来一日に何度この品の悪い科白を口にするようになったかしれないが、うるさいとはそこに何事かを要求する者がいるということで、マホ（わた

しがまともにその名で呼ぶのは叱るときくらいのもので、あとは「マー」「マホ助」「マホの丞」「マーボロ豆腐」「マホダラ経」などというが、それがどんな気分で言われているかマホにはわかるようだった）がいるためにわたしは何かをしなければならぬわけである。歩くということ一つとっても、マホが催促しなければわたしは相変らず歩く習慣を失ったままであったろうと思えば、うるさいのも容認しなければならぬのであった。

マホがはげしかったいたずらを完全にやめるためには、ほぼ三年という歳月が必要だった。仔犬が若犬になり、さらに成犬になるまでかかったことになる。どうやら犬がその家の風に完全に慣れるまでには、それくらいの時間がかかるものらしかった。そして犬という存在が、本当にかわいくなるのも、それくらいたってからである。そうなったとき初めて犬はわが家の一員になった気がする。

わが家に来て二年目の正月のマホ。
一人前になったはいいが、二十キロ近い大犬になったので
飼主はあわてた。

ピット・ブル事件

公園でよその犬と一緒に遊ばせたくて飼ったマホであり、またマホも事実よく遊び、仲間に対し友好的でその点はよかったが、しかし残念ながら犬がそうやって遊びに夢中になるのは最初の一年ぐらいしかつづかないのであった。集って遊び回るのは大抵が二歳未満の若犬である。二歳を過ぎると犬は急に仲間どうしの遊びへの興味を失うようで、出会ってももはや前のような感激を示さない。ひとりでそこらを嗅ぎ回ったり、のそのそ動いたりで、一緒に疾走することも、つっころばし合うこともしなくなった。

「残念ですなあ。犬も大人になるともう遊ぶ気もなくなるんですかな」

飼主どうしそんな声をかわしあうようになる。そのうち一匹欠け、二匹欠け、昔の仲間はちりぢりになって、次の世代にとって代られる。が、この事件が起ったのはまだそうなる前であったから、マホが来て一年たたぬうちのことだ。

ある日その遊びのさなかに異変が起きた。

四十代初めぐらいの短髪の男が、いままで誰も見たことのない変った中型犬の若犬を連れてきたのだった。犬は短毛で頭の細長い独特な恰好をしている。男はそこにいる人たちに挨拶するでもなく、断りもなく、いきなり犬を引綱から放し、犬は群の中に入って駆け始めた。が、その犬はほかの犬たちのようにじゃれ合ったりしないで、非常な速度で犬たちのまわりを走り回りつつ、とつぜんパクッと嚙みつくのだった。

犬の群の中に恐怖が起きた。いままで聞いたこともないような悲鳴をあげる犬や、ウウーと本気で唸《うな》りだす犬もでてきて、たった一匹のその犬の出現のために群の遊びはすっかりこわされてしまった。そのさまを男は飼主たちの群から離れたところでタバコを吸いながら、にやにや眺めているだけである。

男はそれからたびたび現れるようになった。ときには三十代半ばくらいの恐ろしく派手ななりをした美女をともなってやって来て、犬が他犬から怖れられているのを二人並んで面白そうに眺めている。女は水商売か何かそういう種類の女らしく、男の方は昼間から犬を遊ばせているのだからサラリーマンではなく、女のヒモか何か、ともかくまともな商売の者には見えなかった。なりに一種の凄みがある。

その犬が来るとほかの犬が騒ぎだすので、男がバイクでやってくると飼主たちは自分の犬に引綱をつけて警戒するようになった。そしてまもなく犬は、米国でもっぱら闘犬用につくりだされたピット・ブルとかいう犬種で、ブルドッグや他のどんな闘犬にも負けないよう特別に作られた犬だという情報が入った。男が自慢気に誰かに話をし、それがまたたくまにひろがったらしい。

また、ピット・ブルはきわめて獰猛《どうもう》な闘犬であるので、英国では飼主が曳いて散歩させるときでも、口輪の装着を義務づけられている、と聞いてきた人もいた。とにかく尋常の犬ではなく、ましてやこんな犬の中に放していい犬ではないことがわかった。

わたしは前から男の傍若無人なやり方と、犬の目に余るふるまいに腹を立てていたから、その話を聞くと思いきってその犬の男に近づいて言った。

「あなたね、聞くところによるとその犬は獰猛な闘犬だそうじゃないですか。しかもブルドッグよりも凶暴だという。そんな危険な犬をここに放さないでくれ。ここは犬たちが仲良く遊ぶ場所で、喧嘩をするための場所じゃないんだからね。見なさい、犬たちはみんなびくびくしてるじゃないか」

わたしにすると得体の知れない男にこれだけ言うのでもずいぶん勇気のいることだったが、ほかの犬たち全部のためにもこれは言っておかねばならぬと覚悟を決めて言ったのだった。飼主の奥さんや娘さんや老人たちは、見て見ぬふりをして遠くからこわごわ様子をうかがっているふうだった。男は顔をこっちに向けないで聞いていたが、急にじろっと一瞥《いちべつ》をくれるなり、

「人のことに構うんじゃないよ。何をしようとこっちの勝手だろうが」

と、わたしが覚悟していたより気弱な物言いをした。そこでわたしは重ねて釘をさしておいた。

「勝手じゃないんだ、事故が起ってからでは遅いから言ってるんじゃないか。そんな危険な犬は連れてくるな」

「フン」

そしてそれから数日は男は現れなかったので、わたしは飼主たちから感謝されたのだったが、事故はやはり起ったのであった。

わたしがいなかったある夕方、またふらっとその男が現れて犬を放したので、飼主たちは急いで犬を引綱につなごうとしたが、ピット・ブルは一匹の柴犬に襲いかかるなり嚙みついて離れず、腹をひき裂いて、内臓がとびだすほどの大怪我をさせた。わたしも知っている人のいい気の弱い奥さんは、とっさのことに動転してしまってなにもできず、柴犬がギャーッという凄じい悲鳴をあげるのに魂を奪われていると、男はさすがにあわてたか走ってきてピット・ブルを強く殴りつけて柴犬から離した。さいわい公園のすぐ前に犬猫病院があるので奥さんはそこにかつぎこみ、手術して貰って命はとりとめた。が、柴犬はそのあともうこわがって散歩に出たがらぬようになってしまったという。

そのいきさつを聞いてわたしは前のこともあり腹の中がにえたぎるほどはげしい怒りがこみあげてきた。わたしも前の飼犬ハラスが家に迷いこんできた紀州犬にいきなり腹を嚙みちぎられて、腸がはみだすほどの大怪我をさせられた経験があり、犬の非道には感じやすくなっている。

ところがそんな事件を起したにもかかわらず、男はまたピット・ブルを連れてやってきたのである。何事もなかったかのように野球場に入ってきて犬を放したので、わたしは男に近よって言った。

「きみ、あれだけ言っておいたのにとうとう事故を起してしまったではないか。柴犬を半死半生の目にあわせておいて、まだ見舞いにも行ってないというじゃないか。なんていうやつだ。あんな怪我をさせてきみは何とも思わないのか」

「うちも知らねえのにいきようがない」

「きみが本当に悪かったって気があるなら、うちなんてすぐわかることだ。病院に聞きにゆきもしないでいて、なんてことというんだ」

「病院の費用は払うっていってるんだよ。金さえ払えばいいんだろ、金を」

と、彼がふてくされたようにそう言ったとき、わたしの中の怒りの癇癪玉《かんしやくだま》が破裂した。

「ばかやろ、なんてことを言いやがる。金の問題なんかじゃない。きさまには腹を食いちぎられた犬の苦しみがわからんのか。犬を殺されかかった飼主の苦しみがわからないのか。きさまはそれでも人間か」

怒りのあまりわたしは相手に対するおそれを忘れていた。相手はひょっとするとヤクザかもしれず、闘犬をけしかけてくるかもしれず、じかに殴りかかるかもしれぬ、しかしそれでもかまわない、犬がとびかかってきたら蹴殺してやろう、男がかかってきたら老人の自分がやっつけられるに決っているが精一杯戦ってやろうと、少し前までは慄えるような恐怖を感じていたのに、それをすっかり忘れた。事件を金の問題にしてしまおうとする男への怒りにわれを忘れ、男に詰寄ってさえいたのであった。

男は気味の悪い陰気な目でわたしを見るなり、「フン」といって犬を連れ出ていった。

男とピット・ブルの姿が見えなくなってから、初めてどっと恐怖が噴きだしてきた。

そしてまわりを見ると、奥さん方は遠くからこわごわ様子をうかがっていたが、スコティッシュ・テリアを二匹飼っている某家の主人だけはすぐ近くで強い目でこちらを見ていて、そんな応援があったので男は思いのほかあっさり引き下ったのだと知れた。

「あのくらい言ってやらなきゃわからない奴なんですよ。われわれの代りに言ってくだすってありがとうございました」

「いや、とんだ年寄りの冷水でした。こっちも正直なところひやひやでしたよ」

これがそのときの事件で、このことはあとで思いだしても腹が立ってならなかった。

今の日本では当り前のことを注意しても、悪くすると殺されかねない目にあうことがある。プラットホームで酔払いに注意してつき落されて死んだなんて事件もあった。だからわたしも大抵のことでは腹の虫を抑えていたのだけれども、このときは我慢しきれずに怒りを爆発させたのであった。まったく人を叱るのも命がけだ。

男はいい按配にそれきり現れなかった。どこかで仕返しをされるんじゃないかとしばらくは用心していたが、無事にすんだ。そして用心して犬を散歩させているあいだにわたしは、池波正太郎の『剣客商売』がなぜあんなに男たちに、それも老人に読まれるかの理由がわかったような気がしてきた。誰だって今の日本では注意したいこと、叱りたいことは山ほどある。が、相手にやり返されるのがこわいから我慢しているのであって、その腹にふくれる思いが、自分にもあれだけの技《わざ》があったらと秋山小兵衛に憧れさせるのであろう。男には年をとってもチャンバラに夢中になった少年のころの稚気が残っているのである。

ところが、世の中には似たような事件が起るもので、それからしばらくして新聞にやはり、獰猛な犬による事件が報じられていた。

それは八王子で起ったことで、午後七時ごろ中型犬をつれて散歩させていた婦人

（四九）が、とつぜん大きなシェパード（オス、体重四〇キロ）に襲われた。婦人は転倒して足に怪我をし、犬は体を噛まれて大怪我をした。が、シェパードの飼主の男は自分の犬がそんな事件を起し、婦人が助けを求めているのに犬を制止もせず、見ているだけだった、というのであった。

警察で調べたところ、その辺では大型シェパードによる同様の事件が相ついで発生していて、どの被害者もが、助けを求めても男は何もせず、見ているだけだった、と証言していることがわかった。そこで、過失傷害の疑いで、そのシェパードの飼主、自称コンサルタント伊野某（四八）を逮捕した、という。伊野はそれまで警察の再三の任意呼び出しにも応ぜず、飼犬が相手に怪我をさせたことを認めたので逮捕したのであった。七月から九月にかけ、その辺では同種の事件が七件も報告されていて、被害者の一人は、

「シェパード犬が私の犬を追いかけ回して噛みつづけ、私が助けを求めて叫んでも、飼主は見ているだけだった。謝りもしなかった。私の犬はそれから数日間飲まず食わずで、怪我がなおってからもおびえて外出しない。犬を飼うなら他人に被害を与えないようマナーを守ってほしい」

と話している、と新聞にあった。

このシェパードの飼主も、あのピット・ブルなんて闘犬を飼った男も、おそらく同じような人間なのであろう。他者に対する想像力などまったく欠いた、およそ他者の苦しみや痛みのわからない、むしろ他者を痛めることに嗜虐《しぎやく》的な快感を感じる、こんな人間も世の中にはいるのだ。

それればかりではない。一時の興味で犬を飼ってもすぐまた倦《あ》きてしまい、犬の世話がしきれなくなって山中などに縛りつけたまま捨ててくる人間までがいる、とわたしは新聞の報道によって知った。そういうのは時の流行に駆られてはやりの犬を飼いだしたような人に多いようであった。

シベリアン・ハスキーの流行がそのいい例で、マホを飼い始めたころは猫も杓子もという感じで人々が争ってこの犬種を求めたものだった。何十万という代金を払ったなどと自慢そうにいう人もいた。が、それから十年後にはもうその流行は終り、あれだけいたシベリアン・ハスキーをもう一匹も見かけなくなった。あれらの犬はどこへ行ったのだろう。

そういう捨て犬の悲劇はあとを絶たないが、一例だけあげると、角谷智恵子さんの

『すてイヌ　シェパードの涙』（ポプラ社）という本が、非常に感動的な話を伝えている。これは実話で、箱根連山の南端、函南町《かんなみ》玄岳《くろだけ》の樹海に捨てられていた犬を著者たちが救出した話だ。

角谷さんがある日その山を散歩していると、深い樹海の中から「キャーンキャーン、キャキャキャーン」というすさまじい犬の鳴声が聞えてきた。どこだろうと探しにかかるが樹海が深くてどうにもならない。気を残しながら家に帰って、近所の人と相談して探す決心をしたのが十月十六日だった。

それから毎日、角谷さんは近くの人の助けを借り、まだ生きて鳴きながら、次第に弱っていっているらしい犬を探しつづけたのだった。樹海は深く、十六、七、八、九日と樹や岩に覆われた中を探し回り、二十一日に猟犬を二匹借りて山に入ってようやく角谷さんと近くの人はその犬の居処にたどりつくことができた。

犬はチェーンにつながれたまま宙吊り状態になっていた。首から二十センチぐらいの長さまでチェーンが締まり、傾斜度六十度ほど、高さ八十センチの木の股にぐるぐる巻きにされていた。大きなその犬は半狂乱で、嚙みつこうとするのを角谷さんが殴りつけて、大変な苦労してやっとチェーンを木から外し、犬を救ってやったのだった。

その犬、大型シェパードは、極度に衰弱しており、怪我もし、全身がダニの巣になっている上、便からは寄生虫も見つかり、とにかくやっと生きている有様だった。それを獣医にあずけて、十日目にようやく犬は助かったことを獣医が保証するまでに回復した。犬がまだ若く、体質が強かったのでいのちをとり戻せたのだった。

角谷さんはその犬を、富士山の見える樹海で救いだしたことから富士号と名付け、訓練所に入れて本式の訓練を受けさせた。富士号は非常にいい犬になり、いまは家族の一員として暮している、と角谷さんは報告しているのである。

「おもいだせば、十月十六日にあのなき声を耳にしてから、二十一日までの六日間、わたしの人生のなかでこんなにもせつなく、そして苦しかった救出作業は、一度もありませんでした。」

と書いているが、その気持は読む者にも伝わってきた。

角谷さんが、樹海で犬を救いだしたとき、犬を抱きしめながら叫んだ言葉が、やはり同書に記されている。

「おまえは、人間を信じたばっかりに裏切られたんだね。そして、苦しい苦しい地獄をみたんだね。でも、もう一回人間を信じておくれ、あそこにみえるすばらしい富士山のように、おおきな愛をおまえにあげるから。」

これこそ人間が犬に対して言える最高の愛の言葉であろう。

この富士号の場合は、角谷さんたちの無償の愛の行為によって幸いにも救出され、そのあとも仕合せな生活に入ったから、話を聞いても救われる。が、そうではなく、捨てられ、それもマテルンのあとをケルンからベルリンまで追いつづけたプルートのように追いつづけられないように、チェーンで樹にしばりつけて捨てる人間もいるのである。人間とも思えぬこういうやつは、まったく自分こそ地獄に堕ちるがいいのだ。

が、そういう人間はいるのである。

『日本の犬は幸せか』で富澤勝氏は、

「一時、捕獲される犬や引取られる犬のなかにシベリアン・ハスキーがとても多かった。流行が去ったとたんに飽きて、捨てる人が多かったのである。」

と怒りをもって報告している。

まったくこういう人間どもは、犬を飼う資格などないと言うしかない。

マホの死

仔犬のときはいたずらばかりしていて老夫婦に毎日悲鳴をあげさせていたマホも、三年を過ぎるころから落着いてきて、ようやくわが家の風になじんできたようだった。犬がほんとうにわが家の一員になったと感じるのは、そうなってからである。

マホは来たときから何かにつけて前のハラスと比較され、

――おまえのお兄ちゃんはこうだったのに、おまえはダメだねえ。

というふうに、とかく否定的な評価を受けることが多かった。が、そういう比較も三年たつころには止んだのは、われわれの側でもマホの個性を受け入れたのだった。

マホが前のハラスに較べて初めからたった一つ賞められたのは、訪問客に対して絶対に吠えないことだった。ハラスは見知らぬ人がくると必ず猛烈な勢いで吠え、そのためにわが家にくる編集者には評判が悪かった。『ハラスのいた日々』という思い出集を書いたとき、読んだ編集者の何人かは、ハラスといえば吠えられた記憶がまず浮ぶのか、わたしがハラスをいささかよく書きすぎているんじゃないかと文句を言ったものであった。が、そういう編集者もマホに対しては好意的だったのは、この犬が絶対に吠えかからないからだった。それどころかどんな人にでもすぐすりよってゆき、昵懇《じっこん》の様子を示すので、訪問客にとってはこれは非常に評判のいい犬であった。

彼は来たばかりのころは階下のソファに寝ていたが、三歳すぎたころからは二階のわたしの部屋で寝るようになっていた。わたし方では、わたしは非常な早寝早起きだが、妻の寝るのは遅い。そこでマホは妻が起きているあいだは下で妻のお付合いをし、妻が寝室に入るとわたしの部屋のドアを、前脚の蹠《あしのうら》でほんのかすかにポトと叩く。するとわたしもそれだけで目が覚めて、ドアをあけ入れてやる。マホはわたしのふとんの足許に敷いてある自分用のマットに横たわって、一晩をそこですごす。こういう点ではわたしがベッド派でなく、昔ながらに畳の上にふとんを敷いて寝るのを好むのが具合がよかった。

わたしは夜のあいだじゅう彼の寝息を耳にしながら寝ていて、夏なら五時、冬は五時半ごろ目をさます。わたしが身仕度しだすと彼は伸びをし、一緒に下りて散歩に出る。毎日同じコースだが約三十分歩き回って、そのあいだに小便と糞をする。

日中は、晴れた日はなるべく外に出しておく。彼が日なたでながながと横になっているのを見るのは、見るだけで気持よかった。

家の中にいるときは彼はわたしが仕事しているあいだは、書斎に敷いてあるムートンの上に寝るのをつねとしていた。そして八時半ごろになるとそわそわしだすのは、それがわたしの郵便を出しにゆく時間だからだ。わたしは電話ぎらいなので連絡はすべて手紙かハガキで行い、郵便量はかなり多い。そのハガキ類を手にとってぱたぱたと叩くと、彼はむくっと起き、奇声をあげ、いち早く門扉のところまで駆けてゆく。日によっては二度も三度もそうやってわたしが外出するたびに彼を連れてゆく。

同じ柴犬でも一匹ごとに個性差は実に大変なものだと知ったのも、マホが来てからであった。マホは幼犬のときから肝っ玉が太いというのか、図太い、剛胆だというのか、ともかく物事に動じず、それでマホと名付けたのであった。

ハラスは、買物するあいだ駅前のどこかにつないでおくと、一瞬も落着かず、きちんと坐りこんで、耳をそばだて、通行人に警戒し、緊張しっぱなしで主人の帰りを待っていた。そしてやっと戻ってくると一声高く「ワン」と、遅かったじゃないか、と咎《とが》めるように吠えたものだった。

ところがマホは、つながれてもぜんぜん平気で、去っていった主人の行く先をちらと見るなり、すぐその場にねそべって、どんなに主人の戻りが遅くても騒ぐということがなかった。そのために一度、今思いだしてもひやっとする事件が起った。

駅前の文房具屋までコピーをとりにいって、枚数の多いコピーに時間をとられ、店を出るときはそのことで頭が一杯で、ついマホをつないであるのを忘れてしまった。家に帰ってもそのことに気づかなかったのだから、よほどにどうかしていたのだ。

三十分ほど経って妻が、「おやマホは?」と、マホの不在に気づいて大騒ぎになった。ふだんいるところをどこ探してもいない。脱走したのか、と疑ったとたん、わたしはそのときになって初めてマホを買物に連れていってそのままにしてきたことを思いだした。マホを文房具屋の前の駐輪場の柵につないだまま、忘れていたのだった。

こりゃ大変だ、どこかの人間に連れていかれてしまっていたらどうしようと、蒼くなって駅前まで駆けていって見ると、なんと、マホはわたしに置き去りにされたことも知らぬげに、同じ場所に寝そべって脚なぞなめているのだった。このときばかりは

雪の中につないでおいても平気な、図太いマホ。

ホッと安堵の胸をなでおろすとともに、マホの物に動ぜぬ気性に感謝した。ハラスだったらおそらく吠えまくっていただろう、と思って。

それから夕方の散歩である。これは前の犬ハラスのときよりは短くなったが、それでも小一時間街中のいつも同じコースを歩く。犬によって個性がちがい、ハラスは非常な散歩好きで長距離を歩きたがったが、同じ柴犬でもハラスより十キロも重く生れついたマホは、ハラスのように終始力まかせにひっぱるということなく、比較的のんびりと歩く。

夜は家に入れるが、妻がわたしの夕食の用意をしているときなどちょっとの油断もならなかった。肉などを調理台の上にひろげたままちょっと離れると、台所の床にねそべっていた彼がその一瞬の隙をついてぱっと起き上り、首を伸ばし、驚くべき早業でそれを口に入れてしまうのだった。妻が悲鳴を上げたときはもう遅く、そのたびに嘆き怒ることになる。いつかなど最上級のビフテキを妻がかつてないほどよく焼けたと自慢したとたん、ぱくっとマホ犬に横取りされてしまったことさえあった。すばしこく、ずる賢く、われわれはいたずらなヘルメス神と同居しているようなもので、一瞬の油断もならないのであった。

が、その犬も成犬になるにつれ落着き、相変らずいたずら心は失せぬながらわれわれとなごんで、わが家へ来てから六年半、彼を中心の生活が営まれてきたのであった。ちょうどわたしが六十五歳からの歳月で、自分はすでに老齢であり、近ごろは犬も十五年くらい長生きするのがふつうなようだから、もしかするとこいつより先にこっちが死んでいるかもしれないと思っていた。

ところがその犬マホがとつぜん死んでしまったのである。九六年十月三十一日木曜日まではふつうに散歩にゆき、別に病んだ徴候もなかったのに、金曜日の夜になるととつぜん吐き始め、一晩中吐いて苦しがって、明け方には血尿を垂らしだした。土曜の早朝獣医にみてもらうと急性腎不全という診断であった。マホは入院して点滴をうけ、「非常にシビアな状態ですができるだけのことはします」と治療を受けたが、そのまま回復せず、日曜の夕方に死んでしまった。

その間われわれはびっくり仰天、おろおろするのみで、苦しむ犬に何をしてやることもできなかった。入院してからは薬のせいか、すでに昏睡状態なのか、名を呼んでも何の反応も示さなかった。だからわれわれにとってはマホは、入院させた時に死んだようなものであった。

獣医の話では、血液を検査したときは血液中が猛烈にバイキンに侵されていた。健康な犬なら難なく排除したろうが、マホは何らかの理由で体力が落ちていたのでバイキンが体内に入って腎臓を直撃し、急性腎不全になり尿毒症をひき起した、とのことだった。

が、いくらこまかいデータをあげて説明されても、治療と症状の詳細を報告されても、わたしはただマホが死ぬ、死にかかっているという事実に圧倒され、それ以外のことが考えられなかった。マホがあわれでならなかった。

犬を飼う者にとって一番つらいのは、犬の死に立会わねばならぬ日である。犬が日々の生活の伴侶として多くのよろこびをもたらしてくれればくれただけ、その死はわれわれの魂を挫《くじ》くように作用する。人間ならばどこが苦しい、どこが痛いと訴え、それに応じた処置をしてやれたものを、相手はものいわぬ生きものだけに、どうしてやることもできず、そのことがわれわれを苛《さいな》む。それに犬は死ぬ直前までそれまでと同じように生きているから、死は突然に訪れ、ますます自責の念に陥ることとなるのである。

しかしいくら犬の死があわれでも、とめどもなく自責の念に陥ってゆくのは犬を正しく供養する道ではなかろう。むしろあの犬はこの家でこそ思う存分たのしい生涯を送れたのだと考えるほうが犬の供養になるだろう、とわたしは思うことにした。

人間でも犬でも生ある者はいつかは必ず死ぬのである。その逃れがたい死の記憶にばかりこだわっていては、その生涯を正しく思い起すことはできない理屈である。

マホは郵便出しにわたしが連れてゆくとわかると「フォーン、フォフォ」と甘えるような、嘆くようなへんな鳴き声を発した。そのたびにわたしは「みっともない声を出すんじゃない」と叱ったが、彼にすればそれはよろこびの感情のあらわし方の一つだったのである。

マホがいなくなって妻が、「マホがいなくなって初めて、あの犬はこの家でどんなに威張っていたかがわかったわ」と言ったが、実際彼の生存中はわからなかったが、家の中は彼を中心に営まれていたようなものであった。

マホには、これは悪癖というしかないが、紙屑籠や黒いビニール袋に入れた用済みのティッシュペーパーをくわえだして、くちゃくちゃ嚙むのを好むくせがあった。そして彼がそのために用いる策略は実に悪辣《あくらつ》なもので、こちらのちょっとした油断を見すまして紙屑籠をひっくり返す、黒ビニール袋をやぶいて中味をぶちまけてしまう。

それもこちらを困らせてやろうという気持が見え見えで、これみよがしにくちゃくちゃ嚙んでみせるのだから悪質なのである。妻はそのたびに「マホ、ポイしなさい」と叫んで家中追っかけ回すことになる。

庭で珍しく緊張した様子をし、前脚をつっぱり鼻づらを草むらにつっこんで何かしきりに探しているふうなので、下駄をはいて見にゆくと、陽が照ってきたので日光浴に出てきたトカゲを追い回しているのだった。このトカゲ狩がマホにはよほどに気に入ったらしく、これだけは夢中になっていつまでもしつこくやりつづけた。だからわが家のトカゲどもは気の毒にもあらかた尻尾を失う羽目に陥ったが、そうやって追う姿は精悍《せいかん》でいかにも犬らしいのでわたしは気に入っていたのである。

ある朝起きて庭に下りると、木の下に一万円札が何枚もちらばっていた。や、泥棒が入ったか、とギョッとしたが、戸締りの破られた様子もない。では誰かが放りなげていったのかと拾って数えると、三十枚もあり、「おーい、大変だ、来てみろ」と妻を呼んで、これは派出所に届けなけりゃならんなと言っていると、妻がしげみの中から「あなた、これがこんなところに」とわたしの大事にしている赤革の財布を見つけてきた。

財布は無残に端っこを食いちぎられていた。それで犯人が判明した。書斎に行って調べると、机の足許に物入れの引出しが開いていた。わたしがなにかのことでしめ忘れたその一瞬の隙につけ入って、マホがそこから財布を引き出したのだと思うと、咎《とが》はむしろこっちにあるようで、叱る気にもなれないのである。

悲しみと悔恨の発作にとらわれそうになるたびに、わたしはあえてそんなマホとの暮しの中でたのしかったときのことを思いだし、みずからの慰めとした。犬の本領はなんといっても飼主をよろこばせ、活気づけ、日々をたのしくしてくれるところにある。またそれがあればこそ人はやがてその死に目に会うとわかっていても、犬を飼うのである。

そのころ読んだエーベルハルト・トルムラー『犬の行動学』（中央公論社）という本は、犬について書かれた本の中でも最もすぐれたものの一つだが、その中に、犬は家畜としては例外的に人間のパートナーとして育てられてきたものだとして、こう言っているところがあった。

「様々な要求に応えてきた犬は、聡明で学習能力があり、人間との意志の疎通においても驚くべき可能性を秘めているのです。犬は人間の種々の表現方法を理解しますし、自分を理解してもらう術を心得ていますが、それは学習の結果であることが多いのです。」

わたしはまだハラスとマホという二匹の柴犬を飼ったことがあるだけだったが、その約二十年の犬との暮しに照らしても、この意見はまさにそのとおりであると思った。わがマホ犬もこちらの気持の動き、感情の状態を読みとることにかけては、恐るべき鋭い勘をそなえていた。

「こっちの気持がすっかりわかるみたいね」

と妻はしばしばあきれていたが、彼はたしかに「聡明で学習能力」を充分にもっていたと言っていいように思う。

マホは外からきた客に対してただの一度でも吠えたことがなかった。客はみなそのおとなしいのに驚き、この犬は少し足りないのではないかなどと失敬なことを言う者もいたが、これはわが家に来る者は敵ではないと彼が考えているせいであった。マホという犬は若死するくらいであるだけに、すぐれて頭のいい犬であったと、飼主の欲目には見えるのである。

池の中に足をつっこんで、池に来た蛙をおどかすマホ。

三代目ハンナきたる

一度ほんとうに犬との暮しが好きになった人は、もう犬のいない暮しなど考えられなくなってしまう。

むろん、犬に死なれたばかりのときは、もう二度とこの苦しみを味わいたくないと思い、犬を飼うのをやめようと決心するが、しかし結局は犬のいない暮しに耐えられなくなる。マホに急死されたあとのわたしが、まさにそのとおりだった。が、そこへわたしの気持を見すかしたような手紙をくれた人がいた。

九六年十一月三日わが家にいた柴犬マホが急死したとき、そのことを知って葉書をくれ、マホの供養のためにもすぐまた次を飼ってください、と言って来た人がいた。この葉書の文言は心にしみた。ふつうなら死への悼《いた》みや慰めを書くところをそんなふうにすすめる人は、よほどに人間における犬という存在について通じた人にちがいない。

そして今回はわたしはその人のすすめるとおりに心が動いたのであった。

最初の犬ハラスを失ったあとは、その喪失感の深さに五年間も犬なしで暮したのであった。まるで犬のための喪に服していたようなものである。が、結局犬好きは犬なしの暮しに我慢できなくなる。わたしもまる五年たつと悲しみより新しい犬との生活を思うほうに心が傾きだし、ふたたび飼ったのが二代目の柴犬マホであった。

が、そのマホに思いもかけず六歳半という若さで急死されて、このときも犬に死なれる苦しみに「もう生きものを飼うのはいやだな」とつくづく思ったが、それよりも犬のいない日々の空虚感のほうが強かったのは、もうわれわれ夫婦とも犬のいない暮しが考えられなくなっていたのであった。そこへ「前の犬の冥福のためにも次を飼え」とすすめてくれる人がいたのだから、わたしは救われたような気さえしたのである。そして早速にまた飼おうという方向に心が動きだした。

そんな気持を察してか犬をすすめる人が何人か現れ、その誰もがゴールデン・レトリーバーをすすめるのには一驚した。ゴールデン・レトリーバーは実に家族にやさしいからと、この犬種の家族思いの行動の実例を話すところも共通していた。わたしはむろんその犬種を知っているし、そのよさも知っているつもりだった。話をきかされて心が動きもしたが、それでも今度はゴールデン・レトリーバーにしようという気にはならなかった。

一つにはわたしが流行におそれと従うことのできない臍曲《へそまが》りだということがある。それが今の流行だといわれただけで警戒心と疑惑がきざし、それがどうした、というふうに心が動いてしまう。今はやりの携帯電話をわたしが蛇蝎《だかつ》の如くきらうのは、猫も杓子もそれを手にして、持たぬ者を時代遅れのように見做していると感じるからだ。犬も同じで、前にシベリアン・ハスキーが大流行したころは、北方の橇《そり》犬なんかを暖国で飼う人間の身勝手さについ思いがいって、その犬種のみならず飼う人までも軽蔑したものであった。大体流行犬にすぐとびつくのは都会人で初めて犬を飼う人に多いようである。わたしにゴールデン・レトリーバーをすすめた人たちもそうで、わたしはこの犬種のよさを重々知りながらも心を動かされなかった。

さらにもう一つには、もし柴犬以外の犬種をわたしが飼ったら、前の犬たちへの裏切りになる、と感じているということもあった。むろんそう感じるのは、わたしと犬との関係というより今の自己の過去の自己に対する関係なのだろうが、この点でもわたしは頑《かたく》なに自分の好みを守り、自己に忠誠であろうとした。死んだ犬たちのためにもこれは変えられぬと思った。

ただ選び方だけは変えて、今度は犬屋で買うことにした。「年をとってからの犬だから、飼いやすい牝犬がいい」という老妻の希望で、今度初めて牝犬を飼うことにした。最初のハラスは獣医のところから、二番目のマホは日本犬保存協会の人からもめたのだったが、これは偶然にたよるところがあまりに多いので、東京亀戸に手広く店を構えるペット・ショップがあると聞き、そこへ出かけた。今日は見るだけ、という約束でいったにもかかわらず、ケージの中にいる柴の牝の仔犬と目が合ったとたん「これに決めた」と思ってしまった。まっすぐにこちらを見るその黒目がちの目がいかにも性質よく賢そうに見えたからであった。まさに一目惚れであった。

注射をすませて一週間後、妻の妹の車でその犬を迎えにいった。初めの犬ハラスを車で練馬の獣医まで迎えにいったときの大騒ぎを思いだして、さぞ大変だろうと覚悟していたが、この仔犬は道中キャンともクンとも鳴かなかった。よほどに肝が太いのか、それとも幼時に親元を離れ犬屋のケージにいれられていて諦めに慣れているのかとにかくおびえもおそれもせず平然とわが家まで運ばれてきたのであった。

二番目の犬マホのときは室内でなく犬小舎で飼うようにしたいと犬小舎を買ったが、その着くのがマホの到着より遅れ、マホは後からでは絶対に犬小舎に入ろうとしなかった。マホは結局室内犬になり、無用の犬小舎は雨ざらしになっていた。その犬小舎を客間に入れ、階段の下に置いて、そこに来たばかりの仔犬を繋いだところ、そうされても仔犬は鳴きも騒ぎもしない。バカかと思うくらいおとなしく従うのは、何週間か犬屋にいるあいだにそうしつけられたのだろうといささかあわれでさえあった。ハラスの場合もマホの場合も、繋いだりしたらギャンギャン騒ぎたてて大変だったのだ。

妻が、今度は手に負えないのは困るから、年寄りでも飼いやすいよう牝犬にしましょう、というので牝の仔犬にしたので、これにはハンナと名付けた。和名花子、ドイツ名ハンナである。

翌日からハンナは庭に出し、とにかく運動だけは大いにさせることにした。犬屋のケージの中に坐らされていたせいか、初めはなんだか動きが鈍く弱々しいようで心配させたが、一週間もすると庭の地形地物にも慣れたか、おそろしく活潑に走り回るようになった。ハラスは体重十キロ、マホは柴犬としては異常に大きく二十キロだが、今度のハンナは連れてきたときわずか一・七キロである。吹けば飛ぶようなとはこのことで、小さないのちをあずかったという責任感があり、扱うのがこわいようであった。

が、そこはよくしたもので、犬にはそれぞれよさがあり、今度の仔犬はからだが小さいかわりに動きがおそろしく敏捷《びんしょう》だとわかった。庭石や四つ目垣や植えこみのあいだを全速力で走り回り、急旋回し、疾走し、くぐり抜け、飛躍し、その動きの早さとめまぐるしさは今までの二匹にないものである。あまりにす早いのでチョコマカと仇名をつけたが、犬も三代つづくと呼ぶに困る。マホ、ハラス、と呼んでからやっとハンナというくらいのもので、長いあいだ呼びなれた先代の犬の名がつい口をついて出てくる。そこでわざくれに、

マホハラスと呼びてののちにハンナという　三代の犬ひとつながりに

と歌まがいのものを作ったほどだった。

ハンナの来たのが三月六日、それから二月たった五月六日に、体重はやっと五キロに達した。豆柴というのだそうで、成犬になっても六、七キロにしかならぬらしい。

しかし、わたしはふたたび柴犬との暮しが始まったのでうれしくてならなかった。感覚が戻るというか、犬といた日々の感覚の一つ一つが甦り、その甦った感覚を通じて前にいた犬たちの思い出が新たになるのである。わたしに前の犬の供養のためにもすぐまた飼うように、とすすめてくれた人の忠告は正しかったのであった。新しく犬を飼うことが前の犬を思いだすよすがになるのであった。

夜中に目が覚めて階下におりてゆくと、階段下の犬小舎に犬が眠っている。この確認はなんともいえずたのしかった。ハラスの死んだあと五年、マホの死んだあと四ヶ月は、家の中がしんかんと静まりかえっていて、老夫婦ふたりきりの生活の空虚さをそのつど思い知らされたものだったが、たった犬一匹といえ生きた者が加わったということは、それだけですでに何事かなのであった。

生活はまたもとの犬中心の日々に戻った。

夏だと早朝五時に目覚め、起きて階下にゆくと犬が犬小舎の中でのびをしている。マホは住居がなく主にわたしの寝所を寝床にしていたから、犬が犬小舎の中にいるということ自体が珍しい。今度の犬は繋がれればもう騒がず一晩中じっとしているのだ

ハラス、マホと代々やってきたように、
ハンナも同じ椅子に乗せて記念撮影したが、
こちらは落着かない。

った。その犬の頭を両手で抱えてくしゃくしゃにすると、犬もうれしがってペロペロ舐める。

それから朝の散歩に出る。ハンナは目方でマホの四分の一だからからだはもっと小さく、マホの何倍かも足をちょこまか動かさねばならないが、首を立てて歩いていく。牝犬だから、片脚を上げるのでなく、股をひろげたようなへんな恰好で小便をするが、それをのぞけば柴犬の気性は強く、そこに牡牝の差はあまりないようだ。そこで犬と歩きながら下手くそな歌を作る。

性別は男女《おとこおみな》と変れども　気性変らず柴犬なれば

ボーヴォワール女史の言う、女というものは後天的に文化の中で作られるという意見は、どうやら正しいようである。そういう文化のない柴犬では差は生じないのだから。

男の子でも初めから女のふるまい方を教え、女ことばを使わせ、女の衣裳を着させ、万事を女として育てたら、女になるにちがいない。ゲイはしばしば女以上に女である。その反対に肉体は女でもアマゾンのように男として育てれば、男以上の勇猛な戦士となるのであろう。

ともあれ、そうやってまたすでにハラス、マホとともにうんざりするくらい歩き回った同じ街の同じ道筋を、今度は小さな牝犬と歩くことになった。会う人ごとに「かわいい犬ですねえ」といわれ、たしかにかわいいにはちがいないが、前にも書いたように、わたしはかわいいと言われることをあまりよろこばない臍曲《へそまが》りである。現代日本は若者的価値観が横行し、その中ではかわいいというのが最高の価値となっているらしいから、なおさらそれに反撥するという意味あいもある。かわいいとは未熟さと幼児性の賞讃にすぎまいと言いたくなるのだ。わたしは犬についても、かわいいではなく、しっかりしているとか、気品がある、気性が強い、と言われるのを好む。

今度の犬ハンナは赤ん坊から何週間か犬屋のケージの中でじっとさせられていたせいか、庭に出してやるとよろこんでひとりでよく遊んだ。テニスボールを投げてやればすっとんでいってくわえて戻り、また投げる方向へ走ってゆく。厚い手袋をくわえ、それを持ってきて引っぱりっこするようにうながす。犬というのはこの引っぱりっこがよほど好きらしく、うなりながら力を誇示する。

仕事をしていてときどき室内からうかがうと、いつのまにかリュウノヒゲの繁みの上で寝ている。日なたにながながと横になり、暑くなると木蔭に入っている。犬にくわしい近藤啓太郎が、日なたで寝るのが好きなのは丈夫なしるしだ、と言っていたが、その伝でいうとこの小さな犬は丈夫らしい、と思って安心する。マホに急死されたあとは、わたしが犬に望むのは何よりもまず健康であってほしいということだけだったのである。

ハンナ、一歳八ヶ月。
撮影＝大海秀典

ほんものの犬

ハンナを飼い始めて、ハンナを通じてそれまでに飼ったハラス、マホと三代の犬を感じると書いたが、ハンナが成長するにつけてやはり三匹の犬それぞれの個性の違いを余計に感じるようになった。

『柴犬』（誠文堂新光社）という本を見ると、柴犬についての理想が書いてある。――悍威《かんい》に富み、良性にして素朴の感あり。感覚鋭敏、動作敏捷にして、歩様《ほよう》軽快弾力あり。

これを理想の柴犬とするというのである。

悍威とは聞きなれぬ言葉だが、ふつう気魄というのと同じで、「勇敢沈着、品位と威光、鋭敏性と注意力、これらが一体となってかもしだす柴犬の精神美」のことをいい、悍威こそが柴犬の真価なのだそうだ。そして以下の各項目ごとにくわしい説明があるが、言葉でいくらいわれても具体的なイメージは浮ばない。

それより同書にのっている代々の優秀犬の写真を見たほうが、どういうものをいうかがよくわかるようであった。

ハラスの父犬の親は「倉田のイシ号」、母犬の曾祖父は「コロ獅子号」ということは、血統書を見て知っていたが、その両犬ともが『柴犬』に優秀犬として写真がのっているのを発見したときは感激した。そして写真を見ただけでも両犬ともまさに「悍威」の気性に富む犬であることが察しられるのだった。凜《りん》と立って前を直視した姿には、何者も恐れぬ威厳とともに、鋭敏さ、品位が感じられた。ハラスはとてもそこまではいかないが、どちらかというと「倉田のイシ号」の面影を残しているかに、飼主の欲目には見えた。

近藤啓太郎が初期に飼った柴犬の「威獅丸」「千美」の写真ものっているが、これもまたいかにも気の強そうな、気魄が全身から感じられる犬である。

わたしはそれらの柴犬たちを見て、なるほどこういうのが本来の柴犬の姿であるかと感心した。そしてそれにくらべてわが犬たちはどうか、とあらためて眺めやらずにいられなかったのは、わが犬たちは次第に軟弱になっているのではないかと、かねがね気になっていたからである。ハラスにはまだしも威がいくらか残っていたが、マホは幼時に母親のしごきに合ったにもかかわらず悍威というのとは遠かったし、牝犬ハンナにいたってはもう完全な甘えん坊であった。

来た当初はハンナにも柴犬の気性の強さがあるかに思われたが、飼い方が悪かったのか、臆病な甘えん坊になってしまった。すぐ腹を仰向けにしてねっころがるし、そもそも平気で抱っこされる柴犬なんてハンナが初めてなのである。もっとも、それをきらうわけではなく、老寄りが飼うにはこのくらいがちょうどいいと満足しているのだから、別に不服なわけではないのだが。

そしてそうやって軟弱になったわが家の犬たちを見て、わたしは、これはおそらく悍威に富む犬よりもこういう人間になつく軟弱な犬が好まれるせいでこうなったのではないか、と思った。

犬の繁殖者《ブリーダー》は、とかくその犬種としての理想犬を作出するよりも、飼い手に好まれる種類を作るようになりがちだと聞いているからだ。犬の繁殖が金儲けの手段となっているためで、そのいい例が、前にもいった一九八二年から十年ほどつづいたシベリアン・ハスキーの大流行であった。シベリアン・ハスキーはもともとがシベリア北東部のイヌイット（エスキモー）族がソリ犬に作ってきた犬種で、むしろ獰猛《どうもう》なくらいの気性であったろうに、日本でめちゃくちゃに繁殖された結果、しまいのころにはこれがあの犬かと疑われるくらい、体軀も貧弱なら気性も弱い、つまり飼いやすい犬ばかりになっていた。

それと同じように柴犬も、本来の猟犬としての強い気性の犬よりも、人間に慣れた、おとなしくて飼いやすい種が好まれた結果、次第に軟弱化されていったのではあるまいか、とわたしは疑ったのであった。

そういうときにわたしはたまたま、前述のエーベルハルト・トルムラー『犬の行動学』という名著に出合った。著者のトルムラーというドイツ人は、長年のあいだ粘り強く犬を観察しつづけて、人間の身勝手で「改良」された犬でなく、ほんらいの犬とは何かを研究してきた。どうしたら人間と犬とは真のパートナーとなりうるかと考えるのが、この本であった。

この本を読むまでわたしは、犬についてなにがしか知っていると思いこんでいたが、読んでその自惚《うぬぼれ》は崩れた。近年犬に関する本は数限りなく出版されるが、犬学に対する研究の真摯《しんし》さ、認識の深さにおいて、この本は抜群だと思った。

著者は、「我々が犬について知っていることは、純血犬種のスタンダードであり、それは犬ではなく、人間が作ったものです」という。そして「私は犬を知りません」というのだ。一生を犬の研究に捧げてきた人がである。それくらい現代の犬ブームの中で売買される犬は、本来の犬ではなくなっている、「犬のまがい物」になってしまっているというのである。

そういう「まがい物」を作りだすのは、いつの世どの国でも「需要と供給」の法則だ。

《これを犬の飼育の問題にあてはめてみましょう。「需要と供給」の法則は存在し、需要があるかぎり生産することになります。しかし、大衆は事情をよく理解していません。他の消費物と同じく、隣人が持っている、子供がねだる、番犬として役に立つから、儲けることができるから、などの理由から、なんとしてでも犬を欲しがります。したがって、この要求を満たす必要がある、これこそが、現代の消費社会の明白な現象なのです。金は世の中に流通し、政府は分け前をとる。犬は一個の商品になってしまう。カラーテレビができたから、白黒テレビを屋根裏部屋にしまいこむ、浪費社会なのです。国境では車の外に犬を捨ててしまう。狂犬病予防注射をするのを忘れたから！　かまうことはない！　家に帰ったら、別の犬を注文しよう。家に配達してくれるさ！　馬鹿高くはないのだから。かくして、犬工場はフル回転で、商売繁盛、金回りはよくなる、というわけです。》

これを読むとドイツでもそうかと驚くが、地球上人間のすることは本質的に変らないのかもしれない。先にちょっと紹介した日本の富澤勝『日本の犬は幸せか』も、同じことを指摘しているのである。

《愛犬雑誌の広告を見ても、最近はハスキー犬の「ハ」の字も見かけなくなった。たまに載っていても、たとえば「ゴールデン・レトリーバー、○月○日出産、お気軽にお問い合わせください。ハスキー若犬無料でさしあげます。早い者勝ち」といったぐあいである。ほかの犬を買ってくれた人にハスキー犬を一頭おまけにつけましょうというわけで、タダでもいいからもらってくれといった状況なのである。儲かるからとハスキー犬のブリーディングに手を出して、手を引くのが遅れたために「在庫」を抱えてにっちもさっちもいかないといった業者たちの情景が目に浮かんでくる。

これはいわば株の投機的売買に失敗したのと同じである。株価の上昇しそうな銘柄をいち早く購入し、そろそろ天井にきたなと思ったら素早く売り抜けて差益を手にするのが株の投機の鉄則だが、犬の世界でも、プロのブリーダー（繁殖家）やペットショップのなかには、あたかも株を買い換えるようにたえず流行犬種を追い求め、場合によってはみずから流行犬種をつくり出す仕掛け人となり、儲かるときに儲けておくというビジネスをやっているのである。》

これでは「まがい物」の犬ばかり増えるのは当然だが、事情は純血種のスタンダードを作出する場合にも少しも変らないとして、トルムラーが挙げているのはグレート・デンの断耳の習慣についてだった。

もともとはグレート・デンにそんな残酷でバカげたことは強制されなかった。ところが中世の終りごろ、封建領主の何人かが、農奴に世話させている自分の犬を他の犬から区別するために、断耳、断尾を施すことにしたことから、それがいわば慣習になってしまったという。

《この残酷で思いやりのない、動物愛護の概念などまったく存在しない時代から、犬を単なる物品と見なす法的基礎が確立し、一八八八年に作成されたスタンダードが導き出されたのです。さて、それから八三年経っても、スタンダードはこう述べています。「耳、相互に離れすぎず、上部に付き、頭部と調和を取りつつも、ある程度長く、尖った形に切断されたものとする。両耳は均整がとれて、曲がらず直立していなければならない。この規定に反する場合は、それなりの減点項目となる。」

明らかなことは、もし、誰かが絆創膏を誤って少し歪んで張りつけ、そのために両耳の均整が充分とれていないとするなら、このような犬は繁殖において価値が低いのです！

その少し後で規則はこうも述べています。「垂れた耳や、余りにも短く切られた耳を持ったグレート・デンは〝優秀〟と格付けされてはならない。」つまり、断耳を行なった人の過ちの責任を犬がとらされているわけなのです。こうもつけ加えています。「断耳されていないグレート・デンはショーより除外される。」私が大金持ちで、世界で一番すぐれた、世界チャンピオンのグレート・デンの雄雌を購入することができたとします。二匹で大体、一五万ドイツ・マルク（約一千二百万円）はするでしょう。彼らが、優れた遺伝形質に恵まれていることは明らかで、さもなければ、チャンピオンを取るまでには至らないわけです。この二匹を持っていたとして、私は犬の繁殖を始めようとします。生れた子孫は多少なりとも大きく折れ曲がった耳を持っています。

ところが断耳に反対であるために、私はこの素晴らしい遺伝形質を、グレート・デンの飼育界から失わせることになるのです。私が変人で、こうした手術を実施しないせいで、子犬たちがショーから除外されてしまうからです。》

実にバカげた規則があるものだと思うが、それがスタンダードと定められていれば、そうしない犬はどんなに優秀でも無価値になってしまうのだ。著者トルムラーは、これはグレート・デン・クラブのみならず、ボクサー、ドーベルマン、シュナウザーなどのクラブでも同じだという。ヨーロッパ人が昔から犬をそれぞれの目的に適したように作りあげてきた、そのためにはずいぶんと不自然な繁殖も行ってきたことは知っていたが、こんな断耳という残酷な定めまで作って評価していたとはわたしは知らなかった。

グレート・デンは帝政時代のドイツの宰相ビスマルクのお気に入りで、交渉の場にこの犬をつれていって、威嚇するために使ったというが、そんな目的のために断耳してわざとつっ立った恐ろしげな耳にしていたのか。著者はそのような例をあげた上で、「こんなに素晴らしい動物を虐待しなければならぬほど、お金というのは価値のあるものですか？」

と、疑問を発している。

この『犬の行動学』には、犬とは何か、犬と人間の関係はどうあるのが正しいか、など犬についての深い省察がのべられていて、わたしの目を開いてくれたのだった。たんに犬だけでなく、犬の研究を通じて著者は、凶暴な動物とは人間だけであるとか、人を殺すような犬は飼主が悪いのだとか、人間に対するきびしい意見ものべている。犬の側に立って人間の身勝手を批判するわけで、その中には「極端な文明の発展は病気の温床」など人間にとっても大事な注意もふくまれている。

有名なコメディアンが著者に、自分の息子は都会でいつも病気がちだったが、医者にすすめられて田舎の木造の家で暮しはじめたところ、「あなたが信じようと信じまいと、子供の虚弱体質は直ってしまったのです。ある程度の不潔さは、確かに生き物に必要なのです」という手紙をよこしたのについて、こう書いている。

《これは真実です。無菌状態で育った子供たちは、理論的には、死亡志願者とも言えるでしょう。もし死なかったら、それは誠に幸運なことなのです。私の子供たちは不潔さの中で育ちました。私自身もそうですが、今日に至るまで極めて健康です。私が二歳の頃は、雌豚が子豚と一緒に私の面倒を見てくれました。母はよく、私は豚小屋で育った、と聞かせてくれました。（略）今日、もし、犬が私の子供の手から、バターつきパンを盗んだら、子供は犬を追いかけ回し、口の中からそれを引き出して食べてしまいます。（略）私の子供たちは一度たりとも病気になったことはありません。頑丈な体質を持っている人々は、最初に細菌に出会った時に一生涯つづく抵抗力を発達させるからです。私もその一例でしょう。》

いま、日本人は、とくに若者が、極端な清潔志向になっているといわれる。たえず手やその他を消毒せずにいられず、公共物に素手で触れるのを恐れ、日常生活でも抗菌用品しか使わない者まであるという。犬の口から奪ったパンをそのまま食ってしまう子供など一人もいないだろう。が、こういう極度の無菌志向は自殺願望と同じだ、と著者は自分の体験からいうのだ。

たしかにそうだろうとわたしも思う。インドネシアやタイに旅行して腹をこわしたり、コレラ菌などにつかまるのは、日本人だけだともいわれる。子供の時からバイキンのない暮しばかりをしていれば、バイキンに対する抵抗力のつく機会がないから、そうなるのは当然なのだ。抗菌などという処置は、強力な毒薬で微生物を殺すようにしてあるということで、こっちのほうがどんなに恐ろしいかしれないのに、そんなことをしてまで清潔志向するのは、まさに死を志しているというしかない。

それにしてもこのトルムラーの生き方を見ると、犬と付合い犬を研究することがほとんど哲学の域にまで達してゆくことに驚嘆させられるのである。さすがにドイツ的徹底性はすごいと、わたしは舌を巻いた。

ともあれ犬たちは人間の側の好みの変化や、需要の多寡《たか》、流行などによって、本来の姿や性質から逸脱した種に変えられてしまっているのであった。トルムラーはその著書を、「真の自然から与えられた、変質されていない固有の価値を見出そうという人たちのために」書いたと初めに記しているが、あらためてそう言わねばならぬくらい、商品としての犬は人間によって不自然に変えられている。

わたしも出来れば本物の柴犬ばかり飼いたかったが、これは求めて得られるものでなく、縁あってたまたまわが家に来た犬を、亜種なら亜種なりにそういうものとしてかわいがってきた。そして出来損いといわれたマホであろうと、甘えん坊のハンナであろうと、その個体を受け入れれば犬はそれでわが家の一員となった。人間の場合と同じく、初めから完璧な種など存在しないのである以上、それが現実というものだ。

とにかくそうやって飼いだした犬は、それに対して出来るかぎりのことをしてやるのが、飼主の義務であろう。犬を鎖でつなぎぱなしにしておくような人間は、犬を飼う資格がないと言っていい。一度飼った犬を山中に捨てるような人間は、それと同時に自己を捨てているのである。その家の一員となった犬は飼主の分身だ。

ハンナが来てしばらくして、
ようやく家族になじんだところ。
こういう姿だとさすがに柴犬らしく凜としている。
室内の妻を凝視しているのである。

老いきたる

さて、これを書いている一九九八年秋、わたしが今住む街に移り住んでから二十六年という歳月が経った。越してきたとき四十七歳の壮年だったわたしは、還暦を過ぎ、古稀をこえ、七十三歳という老人になった。そんなにまで生きるとは自分でも想像しなかったくらい長生きしたわけである。

そしてこの歳月はわたし一個の上に経過したわけでなく、わが町内の住民全部に均しく過ぎたということは何を意味するかというと、わが町内は今や稀有《けう》なくらいの老人街となってしまったのである。統計をとったわけではないが、わたしの無責任な推測では住民の八〇パーセント以上が老人だ。歴史の古い街ならさまざまの年齢層が混在しているだろうに、同じ時期に同じ働き盛りの年齢の者が移住したため、こういう珍しい現象が起ったのであった。

今やわが町内は右を見ても左を見ても老人ばかりということに相成った。若者の姿はあまり見られない。家はそのままでも息子や娘は結婚して去り、老夫婦二人きりになった家庭が多い。背の曲った八十過ぎの老婆が、手押しの買物車にすがりつくようにして商店街に買物にゆく姿を見ると、この人のところにも若者はいないのかと痛々しくなるが、自分たちしかいなければ、老婆かあるいは老爺が用を足さなければならない道理である。

現代の子供たちは親との同居を望まぬ者の多いことが、近所隣りの実例を見ているとわかってくる。娘夫婦の場合はそれでも同居しているのもいるが、息子夫婦の場合がほとんどないのは、嫁さん、つまり息子の妻が舅や姑との共同生活を毛嫌いするせいらしい。前の家を壊して二世帯住宅に建て替えた家もかなりあるが、噂ではそれもとかくうまくいっていないのが多いという。

それでいて一方では、子育てに悩んでノイローゼになったり、果ては心中だの子殺しだのする若い母親のことが、しょっちゅう新聞紙上をにぎわすのだから、わたしなどに言わせればどうなっているかと不審でならぬのだ。

昔は二世代、三世代同居の大家族制がほとんどで、そういう家では若い妻が子育てに迷い悩むなんてことはなかった。子が熱を出しても、老母が経験からそれはこうこうと判断すれば、大抵はそのとおりになっていったからだ。子育てには、本より医者より、何よりもそういう老人の智慧が役に立った。

若い妻が夫の母親に合わせ、母親が嫁に折合わせるという、ほんのわずかの努力と我慢があれば同居は可能だろうとわたしなどは思うが、それの実現している家庭は実に寥々《りょう》たるものであるのが実情である。我慢とか辛抱とか、自制とか協調という心の訓練が、今は地を払ってしまったのかもしれない。

とにかく何世代も仲よく同居している家庭なぞほとんどなく、若夫婦だけの核家族が増える一方で、にぎわうのは託児所や幼稚園ばかりということになる。せっかく親が二世帯住宅に建て替えても、若夫婦が同居したがらないのではどうしようもない。

かくてわが街は今やどこを見ても老人ばかり目立つという異常な事態となった。日本は今後いよいよ老人社会になってゆくというが、それを先取りした実験都市のような様子を呈しているのである。

わたしは非常な早寝早起きで、夏なら五時、冬でも五時半には起きて犬を散歩に連れてゆくのが習慣になっている。冬の五時では外はまだまっくらだが、老人には早起きの者が多く、そういう早朝にもうせっせと歩いている老人をよく見かける。男も女もいるが、老人が、スニーカーというより昔ながらに運動靴といった方がよさそうな平たいゴム靴をはいて、思い切って手をあげ、精一杯の早さで歩いているのに出会うと、

——おたがいさま、大変でございますな。頑張ってください。

と声をかけたい衝動を覚える。

これが外国ならおたがい気楽に「モルゲン」とか「モーニング」と声をかけあうだろうに、現代日本には見知らぬ者どうしが気軽に「おはよう」と声をかけあうならわしのないのを、そのたびに残念がることになる。そこでめったに挨拶を交すことはないが、しかしわたしには彼らの気持は痛いほどよくわかった。

そうやって早朝の速歩にはげんでいる老人たちはみな、とにかく寝たきり老人にだけはなりたくない、と願っているにちがいないのである。ひとたびそんな状態になったらどうにもならぬのを、みなさんよくご存じなのだ。現代日本の行政の老人介護なるものがどの程度のものか、また老人ホームなどに入ってもどうされるか、それは切

実な問題だけにどなたも情報に敏感で、事情に通じている。そういう実例をまわりで見ているということもある。

子供もあてにはできない。肉親といえども頼りにならないのが、今の日本の現状だと覚悟している。他人様《ひとさま》のおかげになりたくないと強く念じている結果が、そういう早朝の速歩になって現れたのだろうとわたしは察している。だから、心の中でご苦労さまと声をかけるのだが、早朝まだ暗い中を懸命に速歩にはげんでいる老人たちの姿には、どこか鬼気迫るようなところがあって、粛然とせざるを得ないのであった。

――とにかくせっせとからだを動かして、寝たきり老人にだけはならぬようにしよう。あたうかぎり健康を保って、死ぬときが来たらコロッと死にたいものだ。長生きするなんぞより、そういう死に方の方がいい。

そんな心の中の声が聞えてくるような気がする。そしてそれは頼るべき者のないわれら老夫婦の願望でもあるから、わたしは早朝速歩の老人に声援を送らずにいられないのだ。

早朝、犬を連れて歩いてくる老人に出会うこともある。この場合は、犬を通じてふだんから顔見知りの人がほとんどだし、初めての人でもおたがい犬を連れているということもあって、挨拶の言葉が比較的自然に出る。寒いですねとか、老人には冬がこたえますなあとか、お天気の話や何や彼やの話が交され、こういうときは気持がいい。

犬を連れた老人が意外と多いことを知るのは、しかし朝よりも夕方の散歩のときだ。

老人の飼う犬は大抵が小さな犬種である。シー・ズーとかビション・フリーゼ、プードル、ダックスフント、ミニチュア・シュナウザーなどを連れた人をよく見かける。これは小さい方が扱いやすく、大型犬の場合よく起きる犬の力に負けて倒れるといった心配がないからだろう。みなちょこまかと歩き、それに老夫婦がついてゆく姿は微笑を誘う。老人の飼い方の特徴の一つは、しょっちゅう犬に向ってなにか話しかけているることだ。わたし方でもそうだが、犬が老人の話しかける相手になっているのである。

老人が犬を連れて散歩している姿はさまになる。が、それはたぶん意識してそうしているのであって、一種の美意識がそこに働いているのだろう、とわたしは思った。

老人が一人きりで散歩しているのは、脳梗塞などで不自由になったからだのリハビリテーションのため、ということがよくある。そうでなくても、老人がスニーカーをはいて、胸を張り、わざと大きく手を振って、大股で速歩していたりするのに出会うと、わたしは今健康のため精一杯努めていますといわんばかりで、なんとなく不自然で、目をそむけたくなる。なかなか老人が一人で歩くに適当なスタイルがないのだ。

そこで犬の出番になったのだ。犬を連れて歩いていれば、白髪や弱い足腰がかえって似つかわしくなる。わたしの場合もそうで、犬がいないときは一人で散歩に出る気になれなかったが、犬に引綱をつけて歩いていれば、気軽に世間に顔出しできるようになった。そしてまた犬を連れた老人どうし、ふしぎと抵抗感なく口を利《き》きあうようになるもので、人と人とだけだったらこわい顔で行きちがうような場合でも、犬がいるというだけで親愛感が湧いてくるのであった。

そのかわり、そうやって道で知合ったお仲間が、そういえば近頃あの人を見かけないがと気にしているうち、亡くなったそうだと聞くような時は、知合いにならなければ感じないですんだ淋しさ——無常感といっていいような——を味わうことになる。

マホがまだ元気だった時分道でよく会った老人に、いつもダックスフントを二匹連れて散歩する人がいた。犬の一匹はもう老犬で、いずれにしろ二匹とも短い脚でよたよたと歩くのにたえず声をかけながら、溺愛している様子を少しも隠そうとしないでのろのろ散歩している様子が、いかにも好ましく、老人と二匹のダックスフントは街の人気者であった。

ところがある日道で会うと、いつものように作務衣《さむえ》姿の老人は一匹の方しか連れていなかった。そこでわたしが、

「おや、今日はもう一匹は留守番ですか」

と声をかけると、老人はいかにもしょんぼりした声で言った。

「死んじまって。若いのが先に死んじまって」

なるほど見れば、そこにいるのはもう目もよく見えなくなったという老犬の方で、毛の艶のよかった若犬の方が欠けているのだった。

その後老人が自転車の籠に老犬を乗せてやってきては、駅前の広場でおろし、犬がなじみの人々にかわいがられるのをうれしそうに見ている姿を、何度か見かけた。が、それも長いことでなく、いつしかぷっつりと老人を見かけなくなった。そういうときは、あの老犬は死んでしまったのかとか、もしや老人も亡くなったのではと想像し、まさに無常感のようなものが心の中を吹きぬけるのを感じるのだった。道で知合った犬仲間はたがいに名を知らず、老齢者の多いこの街ではたえずどこかで葬式があるのである。

犬と一緒にいることは、ボケや寝たきりの予防と治療に役立つ、という報告もある。富澤勝『この犬が一番！』に、こんな話が紹介されている。

横浜のある特別養護老人ホームで、試みに二匹のゴールデン・レトリーバーを飼い始めた。この犬たちには自由に所内を歩くことを許し、また入所者は犬でも猫でも好きに飼っていいことにした。すると老人は、犬たちを相手に話しかけたり、遊んだりした結果だろう、七年前には四〇パーセントの老人が寝たきりだったのが、そうし始めて以来寝たきり老人はゼロになった、というのである。富澤氏はそれについて、「犬やネコの存在がこの驚異的な改善のすべてではないにしても、動物と遊ぶ、動物のしぐさで笑いが生まれる、話題ができる、自分の感情が自然に表に出る、などの効果が背景にはあるらしい。」

と言っている。

また今日（一九九八年十一月十日）の新聞には、チェコのプラハで「人と動物の関係に関する国際会議」というのが催され、カナダの教授が、高齢者でペットを飼っている人の場合は、医療サービスを受ける回数が減った、と報告したとある。高齢者が一年間に医療サービスを受ける回数は、ふつうは平均三十七回だが、ペットを飼っている人の場合は三十回で、医療費も前者が六百九十四ドルなのに対し、後者では五百三十ドルですむという。入院回数も少ない。

またアメリカの研究者は、夫婦げんかをした場合の血圧の変化について報告した。ペットがいない場合は血圧が平常より五十程度高くなるのに対し、ペットを飼っている夫婦の場合は十程度の上昇でおさまる。「夫婦はペットがいる方がより健康的」かもしれぬと、その報告者は結んでいたという。ペットを飼っている人の方が、血圧の変化も、心臓発作に与える影響も少なくてすむそうだ。小さな生きもののいる意味は決して小さくない。

わたし方にしたところで事情は同じである。ハラスが死んで次の犬を飼うまでの五年間もそうだったが、マホが死んでハンナが来るまでの三ヶ月でも、犬がいないと家の中がこうも静かかと思うくらい、終日ひっそりとしていた。それも当然で、老人夫婦二人きりの暮しでは、日に何語というくらいしか言葉を発しないのだった。

それが、ハンナが来てからは、わたしにしてからが起きた瞬間からもう犬にかまけないわけにいかない。起きれば階下におりていって、洗面のあとはすぐ犬小舎に眠っている犬を起こし、首輪をつけ、早朝の散歩につれてゆく。わが家では亭主が非常な早寝早起きで、細君が遅寝遅起きという変則リズムで暮しているから、わたしが新聞を読みながらパンと紅茶という簡単な朝食をしているあいだは、犬とわたしだけである。犬は、焼けすぎたパン・ド・カンパーニュの耳にチーズをちょっとのせたのを、毎朝二切れか三切れもらうことになっていて、それを貰うまでは傍らにはべっている。

細君の起きるのが少しでも遅いと、犬は二階に上っていって寝室の外で低く「ワン」と吠える。細君が眠い目でドアをあければ、犬はまっしぐらにとびかかってさわぐから、もう眠っていられない。そして犬に向ってたえず何か口を利きつづける一日が始まるのだ。

洗濯物を干しているあいだも犬は細君の足許にうろちょろし、いたずらをするから、たえず犬に向って語りかけている。この語りかけは、ムダなようだがムダでなく、犬にはその声音で細君の気持が通じるようだし、細君にとってもむろんいい気晴しになるのだ。知らぬ人がはたから見ていたら、この老婦人は気が触れているのかと疑いかねないくらい、そうやって語りかけが行われるのも、犬がいればこそである。

犬は一日に何度かは、細君の靴下などをくわえて逃げだして挑発し、今度はそれを放りなげてはまたくわえて、わたしに遊べとうながす。不要になった毛の靴下をひっぱりっこするのも、犬との会話であった。犬はまたマリをくわえては放りなげて遊べと迫ったり、わざとわたしに追っかけさせて庭の中を猛烈な速度で疾走したり、なにかしらこちらとの遊びを要求する。こんなことどもも犬がいればこそのことで、いなければ何もしない老人の暮しに戻るだけだ。そういう些細な日常の一つ一つで犬の存在が老人の暮しを活気づけてくれているのである。

犬はまた何かの折に人間には予想もつかぬことをしでかして、とかく単調になりがちな老人夫婦の暮しに波瀾をまき起す。年の終りに近いある日ハンナが行ったネズミ狩もそういう事件の一つであった。

晩秋のある日、庭師が親子で来て灌木の剪定《せんてい》をしていたとき、ふいにその辺から小さな生きものが飛び出した。偶然そのあたりにいたハンナは、その瞬間おそるべきすばやさでそいつに襲いかかり、疾走するそのものを追った。すべて電光の走るような一瞬の出来事である。

そのときちょうどわたしと老妻は、客間で若い女客の相手をしていた。たまたまガラス戸ごしに庭の方を見ていた妻と女客が同時に、「あ、ネズミ」と叫んだ。わたしが目を向ると、ハンナはすでに庭の中央の石垣の下の、ちょうど石蕗《つわぶき》が黄色い花をたくさん咲かせている繁みを「ワンワン」叫びをあげて猛烈に嗅ぎ回っているところだった。ネズミはそのへんのどこかに潜りこんでしまったらしい。

下駄をはいてわたしが庭におり、犬がしきりに鼻をつっこんでいるあたりを棒でつつくと、石垣の下に穴のあるのがわかった。庭師が来て「それだな」と言った。

わたしは水道のホースを引っ張ってきて、先を穴の中に入れ、水を注いだ。が、水は穴の中にただ吸いこまれてゆくだけだった。いくら注いでも穴の中は一杯にならない。五分、十分、二十分——もう相当な量の水が入ったはずだと思うのに溢れてこないので、どこかにこれは漏水しているのかと疑いだしたとき、ようやく水が少しずつ中から溢れて来た。が、ネズミは現れない。

「ほかの穴から逃げたのかもしれないな。ハンナ、諦《あきら》めろ」

と、まだ盛大《せいだい》に吠えつづける犬にわたしが言いきかせたとき、庭師が、

「ここにも穴があるぜ」

と、柘榴《ざくろ》の木の下を指さした。

なるほどそこにも穴が明いていて、ハンナがやはり落着かぬ様子で嗅ぎ回る。わたしはここにホースの先をつっこんだが、今度もまた水は無限に地の中に吸いこまれて

ゆく。五分、十分、二十分経ってもまだ何の変化も現れない。

「どこか漏水して、下水溝にでも流れているのかな」

と、外の下水溝をのぞいてみるが、流れ出ている様子はない。

そこへ客が来て立話をし、そのあいだホースの水のことはぜんぜん忘れていた。その間たぶん二十分くらいたっていただろう。ふいに、犬が一声吠えると同時に、「キュー」と鋭い悲鳴があがり、脚立の上にのぼって剪定していた庭師が「やった」と叫んだ。

走りよってみると、ホースの水を注入している穴ではなくて、コンポストの近くのリュウノヒゲのわきにある穴からハンナがネズミをくわえだしたところだった。くわえて右に左に叩きつける。ネズミはもう死んでいた。毛がびっしょり濡れているのを見ると、ようやく穴の中全体が水びたしになって、溺死しかけ、唯一あいている穴まで逃れ出てきたところを、どういう本能によってかそのところに待ちかまえていた犬にみつかり、嚙み殺されたのであった。

ハンナは、これがいつも見るあの甘ったれのハンナと同じ犬かと思うくらい、精悍な面魂に変っていた。耳をピンと立て、目を輝かせ、前脚で踏んばってネズミをなおも叩きつけている。

「ハンナ、ブラヴォー！　よくやった」

とほめると、尻尾を振って得意の様子を示す。

狩猟犬だった遠い先祖の血が蘇ったか、全身から精気と野性を発揮しているのだった。思いがけぬ活劇を見せられて、わたしも興奮したが、庭師や客や見物人も感心していた。おかげで一時間あまり、倦怠はどこかにふっとんでしまっていた。

ネズミはコンポストに捨てた生ゴミを狙って、上からではとれぬので、遠い所から地中に延々と穴を掘り、地下から食糧を得ていたのであろう。わたしはハンナがかなり前からそのへんの繁みをくんくん嗅ぎ回っていたのを、夜のあいだに猫でも来たのかと思っていたら、思いもかけぬネズミが庭に侵入していたのだった。

しかし老人にとっての犬の存在の重さを最も切実に見せられるのは、午前の犬猫病院でだ。病院があくと同時に、外で待っていた人達——それもほとんどは老人が、犬や猫を抱いて入ってゆく。その様子は犬や猫を案じる気持で一杯で、昨夜一晩おそらくろくろく眠れないで看病していたのだろうと察せられるのだった。

連れてこられるのはほとんどが老いた犬や猫で、彼らの老いと人間の老いとが重な

池にホースから水を出すと、その音を聞くやいなや
すっとんでくるハンナ。ほとばしる水に口をつっこんで遊ぶ。

り、二重に強い印象を与える。犬と人とがともに老い、ともに死を前に見据えて生きている、という気さえするのだった。

平岩米吉という人は、戦前に日本でも珍しく本格的に犬の研究をした人で、シェパードを何頭も飼って観察した記録『犬の行動と心理』（池田書店）は、犬の本がたくさん出版されている現在でも名著といっていい。この平岩氏は一方ではまたすぐれた歌人でもあって、犬のことばかりを歌った歌集『犬の歌』（動物文学会）がある。

わが庭に一生《ひとよ》をすごす生命《いのち》ゆゑ時の間《ま》惜しみ共にあそばむ
大いなる虚《うつろ》の想《おも》ひ常にありおのれを犬をいとほしみつつ
新開の宅地にいこふ冬の日をわが生《よ》の老《おい》の幸《しあわ》せとせむ

この人の犬を歌った歌はどれも、わたしなぞにもストンと落ちるのであった。

犬はたしかに、とかく淋しくなりがちな老人の暮しにとって非常に有益な働きをすると、わたしはわが街のさまざまな例を見て思う。これはわたし一個のいい加減な感想でなく、ちゃんとそのことを認めている学者もいるのだ。J・マクローリン『イヌ』（岩波同時代ライブラリー）に、こうある。

《また犬が人間にとって最良の友であるという表現も、決して皮肉った誇張ではない。その証拠に、犬を飼うことによって老人の命が伸びたという事実もある。長年にわたって大企業の一員として働いてきた人が、肉体的には何の異常もない健康体であっても、退職すると、目標を見失ったために寿命を縮め、心臓病やガンにかかって死んでしまうことがある。同じような年齢でしかも肉体的には悪条件におかれていても、生活の目標を見失わず、ある種の刺激を受けているような生活態度をとっている人の場合には、不思議とこのような現象はみられない。こうしてみると、人間にとっては必要とされなくなったという感覚こそが致命的な要因となっていることが浮彫りにされてくる。

雇い主や子供に見捨てられ、友人とも死に別れた老人も、残された時間を犬と過すことはできる。見捨てられたことから生じる病い、とくに心臓病患者の場合に、犬の面倒をみているとめきめきと健康を回復した例が多い。われわれ人間にとっては、お互いに影響しあい、気持を通いあえる存在が必要であり、そんな存在となりうる犬が身近かにいることによって人間性を回復することができるのである。こういった場合こそ犬は本当に「人間の最良の友」なのである。過酷な現代社会に生きる老人は、人間の代わりに犬に愛情を注ぐことによって社会の扱いに耐えるのである。》（傍点中野）

リタイアした人間、社会から不要とされた人間にとっての犬の持つ意味を論じて、これくらい委曲をつくした文章はあるまいと、わたしは写していてあらためて思った。とくにわたしが傍点をほどこした部分は千古不滅の真理と言っていいだろう。自分がもはや必要とされなくなったという意識が、どんな場合においても人間を腐らせる最強の原因なのである。

むかし、数世代が一つ屋根の下に同居していた時代には、老人は実際の生活ではもはや何の役に立たなくとも、その長い人生で蓄えた経験と智慧は、なにかの折に貴重な助言を与えることになり、そのことによって老人は敬われた。敬老ということが現実の必要からもありえたのだ。

現代日本社会はしかし、とくにテレビの圧倒的な影響力のゆえもあって、何から何までが若者文化の国になってしまっている。老いたる者の経験や判断を尊重することを知らない。老いだの死だのは社会から抹殺したいかのように、見えないところに隠しておこうとする。老人もまたそういう時代の風に毒されて、萎縮し、若者文化の規準に従う。実にバカげているが、過去三、四十年のあいだにこの国はそうなりはててしまったのである。現代日本の未熟さ、愚かさ、幼児性、決断力のなさ、責任のなさ、横並び意識などは、すべて幼稚な若者文化のしからしめるところだ、とわたしは信じている。

現代日本の老人の不幸は、そういう社会に生き、つねに「自分はもはや必要とされていない」という意識に襲われがちなことだ。老人ばかり集ってゲートボールなどをしている姿を見ると、だから情なくなるのである。そのたびに、そんなことではなくて、老人にとって最大の力は、長い人生を生きてきたその経験であり、経験から得た智慧であろうに、と思わずにいられない。歴史を見ても、老人の智慧を尊重できなかった社会は、すべて滅びるしかなかったのだ。だから、現代社会がわれわれに対してそうするなら、われわれもそんな社会を無視して、犬でも相手に生きようではないか、とすすめたくなる。

そして事実犬は、こちらの側のそういう思いに必ず応えてくれる生きもの、「人間の最良の友」だ、とわたしも信じている。

それに犬の本当の愛らしさというものは、仔犬の時よりむしろ成犬、老犬になってから現れてくるとわたしは思っている。仔犬の時の可愛らしさは天然自然のものだが、成犬になっての愛らしさは個性的なものだ。飼主の生活に慣れ、その気質や性質や気分がわかってきて、犬のほうでそれに合わせるようになる。

飼主が今ふざけたがっているなと見れば、両脚を踏ん張り頭を下げて「さあ、やるか」という姿勢をとってそそのかす。飼主がとても遊ぶ気分でないらしいと見れば、椅子の上でふて寝をする。

そんなふうに飼主と犬との気分の交流ができるようになってようやく、犬との親身な付合いが始まったといえるのだ。犬は飼主の気分を察することに恐ろしく敏感だから、この付合いは人間どうしのそれよりも親密なのである。

齢をとってから犬はますます愛らしくなるというのは、齢をとるにつれその交流がだんだん自然で敏感なものになっていくからである。視線の動き一つで相互の気持がわかるようになると、犬はまさにその犬でなければならぬかけがえのない存在になる。

二葉亭四迷が『平凡』の中で、

「その矢張《やっぱり》犬に違ひないポチが、私に対《むか》ふと……犬でなくなる。それとも私が人間でなくなるのか?……何方《どっち》だか其は分らんが、兎《と》に角《かく》互の熱情熱愛に、人畜の差別を撥《はっ》無《む》して、渾然《こんぜん》として一如《いちによ》となる。」

と書いたのは、そういう状態を言っているのだろう。二葉亭四迷はその気持の通い合いを「熱情熱愛」と言っているけれども、これは決して大袈裟ではなくて、ある意味では犬と人との愛は人間どうしのそれより深いのである。

人間というものは互いに言葉を持ち、それぞれに気質や考えが違う。だからいくら愛し合っていても、一つの行為、一つの動きごとに互いに自分の気持や考え方を言い合い、対立しないで付合うことはない。それがつまり人間のしるしなのだが、犬というものはその言葉を持たない。余計なことは言わないから犬に対しては人は無限の愛情を注ぐことができる。無条件に、無警戒に、ただ愛することができる。

犬を飼うよろこびの最大のものは、そういう絶対的に愛することのできる相手がそこにいるということなのだ。人は人間相手にはめったにそれほど純粋にひたすらただ愛する機会を持てない。『平凡』の中の「私」がポチに対する愛情はまさにそういう性質のものだろう。

とくに現代社会はギスギスしていて、人を愛して傷つくことの恐れから孤立している人が多い。恋人も持たず、結婚もせず、孤独に暮している若い人をわたしはいくらも見てきたが、人間というものは誰かを愛さずにはいられぬようにできている。愛する対象のない人生には耐えられないからだ。

また結婚していても人と人との関係はつねに愛を注ぎ合うという具合にはできていない。生活は日常的な事柄の些事の中にすぎず、この場合も人はいつも愛を注ぐことのできる相手を持つとはかぎらない。

そういう現代人の心の空虚をみたし、愛する対象となるのが生きものなのだとわたしは思う。『ニキ』の主人公アンチャ夫人の場合のように、夜、自分一人のアパートに戻ってきて、迎えてくれる犬や猫がいるということは、それだけでもう幸福と言っていい。ましてその相手に誰はばかることなく思う存分愛情をふり注ぐことで、人の孤独は癒されよう。そのとき生きものは人間にとって欠かせぬ絶対的な存在になる。

わたしは今非常に多くの人が犬や猫やその他の生きものを飼うようになったのは、その背景に現代人の孤独があるからだろうと想像している。

だからそれは、ペットを飼うなどという表現では言いあらわせない関係なのである。むしろ人間ではない生きものとの共生共存といったほうがよく、互いに相手なしには生活が空《くう》になる関係なのだ。

外から帰ってきたとき、全身でぶつかってくる犬がいる。尻尾を振りに振って「ワン」とか「クー」とか叫び、なぜこんなに遅く帰ってくるんだ、どんなに待ちくたびれていたかしれないではないか、というように全身でその気持をあらわす犬がいるということは、人間にとってその社会生活での辛さを一挙に救ってくれる瞬間だ。

そしてそういうふうに一度でも犬を愛し、犬との暮しを経験した者にとっては、もはや犬がいない孤独な暮しに戻ったあとでも、犬はよろこびを与える存在でありつづける。

丸山薫に「犬と老人」という詩があるが、これこそそんな事情をやさしく歌ったものだ。詩の中で、詩人はスピッツ種の仔犬を飼っていて、仔犬をつれて散歩に出ると、出会う人でその愛らしさをほめない人はいない。ある日犬をつれて草原にいると、坂の上から粗末な服を着た老人が下りてきて、彼も犬に注目して立ち止った。老人は「ほう、良い犬でごわすな」とほめ、珍しい種だとか、何を食べさせているとか、いろいろ質問するが、詩人が素気なくあしらっていると、ふしぎなことに犬の方が老人にしきりに親愛の情を示した。尾を振って老人にとびかかってゆき、節くれだって大きな老人の手ではげしく撫《な》でさすられ、「みるみる奇怪な形の中に消え入りさうに見

えた」。それから、

「老齢《とし》でごわすなあ」
ふいに思ひ余つた吐息をして老人が言つた
「かやうな無心なものがなにより慰めになり申す
女房は墓になりました
子供は育つて　寄りつかん
世間には憂きことばかり
終日《いちにち》　働いて帰るとかやうなものがじやれついてくれる
もうそれだけで疲れは忘れるでごわすよ」
その言葉は不思議な滋味を滴《したた》らした
仔犬は這つて　いそがしく草の穂を嗅ぎまはつた
それから　彼のつぎの当たつたズボンとシャツに跳びついた
老人は頭を低く突き出した
犬が惨苦に光る額《ひたい》の皺《しわ》を舐《な》めはじめた

そういう詩だが、詩人が中でいうようにこの老人の言葉と、老人に対する犬の反応には、なんともいえぬ滋味があって、わたしはこの詩が好きだ。短い言葉からも老人の現在の孤独と惨苦にみちた過去は明らかだが、それを愛らしい仔犬のふるまいが癒してくれるのである。こうなると仔犬はたんなる犬ではなく、何かの化身のようにさえ見え、この場景全体に慈悲の光が漂いだすような気さえしてくる。

人間と犬との関りの究極の姿を、丸山薫の詩はみごとに歌いとめてみせているようである。

老人と犬

現代における老人にとっての犬の意味を考える上で、一例としてわたしはこんな小説を作ってみた。今まで書いた所と少々重複する部分があるのは、お許し願いたい。

（『小説新潮』九七年十月号）

春になってわたしにまた犬を連れての散歩の日々が戻ってきた。

三月六日に、来る前から和名ハナコ、ドイツ名ハンナと名が決っていた牝の柴犬がやってきたからだ。今度のは豆柴という種類だそうで、犬屋から連れてきたときはごく小さく一・七キロしかなかった。抱いても少し強く握りしめたら殺してしまうのではないかとこわくてならなかった。小さきいのちをあずかりて、とわたしは呪文を唱えながらハンナを扱った。

　小さいながらハンナはしかしその代償におそろしく敏捷《びんしよう》な犬であることがわかった。庭に放つと、長いあいだ犬屋の狭いケージの中に閉じ込められていた鬱憤《うつぷん》をはらすかのように、庭中をすばらしい速度で走り回り始めたのだ。しかもその走り方が前の犬たちのように直線的ではない。疾走してきて庭石のところで急旋回し、サツキやツツジの繁みをくぐりぬけ、池の周りを全速力でぐるぐる回る。その敏捷さは前の二頭にもないもので、見るだけで心が躍った。

「おい、見てごらんよ、ハンナの走りっぷりを」

と、老妻を呼んで、二人してフラメンコの応援のように手拍子を叩いてやると、ハンナは賞《ほ》められて得意らしくさらに猛烈な勢いで走り回りつづけるのだった。こういうときの心躍る思いは犬を飼った者だけが知るもので、このときばかりは年齢も忘れ、思わず、「オーレ」とか「プリーマ」と叫んでしまう。

　犬がいないときの老人夫婦の暮しなんてものはさびしい限りだ。家の中は一日中ひっそりと静まりかえっている。わたしは毎日家にいてものを書くか、本を読むか、打碁集を並べるかして過しているが、夕方気がつくと夫婦して今日はいったい何語言葉をかわしたろう、といぶかるような日がほとんどだった。

ところがそこへわずか一・七キログラムの超小型犬とはいえ仔犬が一匹加わっただけで、老夫婦の日常は一変してしまうのである。朝から晩まで一日は犬を中心の生活に戻って、犬にふり回され、犬にかまけて、犬が来て以来退屈はどこかにふっとんでしまった。

老妻が洗濯物を物干竿にかけながらひとりで休みなくしゃべっているのを知らぬ人が見たら、狂女かと疑うかもしれないが、これは足許《あしもと》にまつわりついて仕事の邪魔をする仔犬に向って話しかけているのである。語りかけは人の子に対すると同じようにたえず行われ、仔犬の方も話しかけられれば言葉はわからずとも話す人の気持は通じるのか、ますますその人にじゃれつく。ハンナはわたしには服従するが、老妻には全身で親愛のさまを示す。

しかし来た当初わたしはハンナを連れて外を歩くことができなかった。まだ連れて歩くには小さすぎるということもあったが、なにしろ超チビ仔犬だから外に出ればすぐ子供たちが「わあかわいい」と寄ってくる。さらに中年女性ばかり五、六人向うからやってきて、「わあ、かわいい」としゃがんで勝手に触ろうとしたりするからであわたしはそのたびにわざと仏頂面になって無愛想にすりぬけるが、そういうさわぎがいやさに散歩に出るのを控えていた。

しかしハンナはみるみるうちに成長した。吹けば飛ぶような仔犬だったのが、三キロになり、四月末には四・五キロと順調に大きくなって六月には六・七キロ、七月には七・五キロ、一年がたつころには実に十キロに達した。目方だけはハラスと同じである。なんだこりゃまるでネズミの尻尾だな、とわたしが嘲笑していた尾は、直径六センチほどの太いみごとな巻尾になり、貧弱だった尻は逞しい筋肉をつけた。そしてわたしはようやく宿願の散歩に出ることができるようになった。

年をとるにつれて朝がますます早くなり、今は夏場は五時には起きる。

前の犬たちの場合は放任主義で失敗したので、この牝犬は初めから夜は犬小舎に繋いでおくようにした。前の犬マホのために買ったが彼がついに一度も入らなかったので外に放置されていた犬小舎を客間の階段下に置き、夜はそこに細い鎖で繋いでおく。最初の犬ハラスも二代目のマホも、前の二匹は鎖で繋ごうものならギャンギャンわめきたてて到底《とうてい》繋いでおけたものでなかったが、今度の牝犬は初めからキャンともワンともいわずおとなしく繋がれている。赤ん坊のときから犬屋のケージに入れられていたので服従心がついたのか、と思うと哀れな気もしたが、この方が飼い易いので夜は必ず鎖につけておく。

それが朝五時にわたしが階下へ下りていってもまだ犬小舎で寝ているのである。前の犬たちはわたしの音を聞きつければたちまち起きて来て尾を振ったのに、これは平気で寝ていて、抱いて外に出さねばならぬとは、これも朝の遅い犬屋での日々の後遺症かとおかしくなった。とにかく抱いて外に出し、

「ハンナ、散歩だぞ」

と一歩外に出れば、そこは犬で嬉々として歩きだす。前の犬たちにくらべ小さいから、ちょこまかと忙しく脚を運ばねばならないが、柴犬のこととて歩くのは好きだ。

夏の早朝の散歩くらい快いものはない。五時といえば陽は東の空に昇り、真横から黄金色の朝日がさして犬と老人を照らしだす。坂道で犬のかげと老人のかげがともにながながとのびているのを見ると、口笛でも吹きたくなり、悪い癖でわたしは下手な一首をつくってしまうのである。

犬とゆくさつきの朝陽《あした》は上り若葉黄金に輝きにけり

今日もまた面白かったといいたげな仔犬の姿見るがたのしき

そして実際に歩きながら不謹慎に口笛を吹いてしまったことがあったが、今度の犬は口笛に大変に感じ易く、敏感に反応することがそれでわかったりした。

しかしそんな早朝の時間でも、道を歩いているのはわたしと犬だけではないのであった。もうそんな時間に歩道を急ぎ足に歩いている人がいたのである。大抵は帽子をかぶり、スニーカーではなく昔ながらの運動靴をはいて、前かがみにかなりの速度で歩いてゆくのは、男も女もみな老人なのだ。みな思いつめたような表情で、老体に可能なかぎりの速度を出して歩いてゆくところには、なにか鬼気迫るといった感じがあり、彼らを見かけるとわたしは思わず「大変ですなあ」と呟かずにいられなかった。

というのもわたしには、彼らを早朝の速歩に駆りたてる動機がわがこととしてよくわかったからだ。一言でいえば、みなさん寝たきり老人になるのがこわいのである。どなたも寝たきり老人になった場合の悲惨さを見て知っているから、死ぬならぽっくり死にたいと、そうやって足腰を鍛えていらっしゃるのである。いわばそれは死ぬための運動なのだ。

今から六、七十年前、まだ大家族制がふつうだったころの日本なら、老人がそんな鍛練をする必要はなかった。寝たきりになっても家族が看《み》てくれたからだ。が、今は子供は大抵親元を離れて暮し、その助けをあてにはできない。市の公的介護も期待できない。老人ホームといったところで、いざとなればむごい扱いをされるに決っている。

そういう事情をみなさん知っているから、あえてこういう異様な早朝の速歩をなさっているのである。とくにわたしの住む区域は、一九七〇年代初めの分譲に関り、当時は四十代の働き盛りで来た人達が、以来二十五年以上たって今やみな七十以上の老人になった。人口比率にしたら八〇パーセント以上が七十以上の老人ではないかというう超高齢化地域になっているのである。だから、老いと死とはここでは最も切実な問題なのだ。

早朝出会う人に犬を連れた人もむろんかなりいる。こちらには速歩をする人のような思いつめた表情はなく、犬に任せてのんびり歩いてくる。が、これも動機は速歩人と変らないのだ、やはり足腰の衰えを防ぐのが目的なのである。

それと犬を連れた人には、われわれ夫婦の場合と同じく、老夫婦二人きりの暮しの孤独を救ってくれる者として犬と暮す人が多い。そしてほとんどがわれわれと同様もはや犬のいない暮しに堪えられぬ人々ばかりである。

わたしの場合は、一九七二年四十七歳の年にこの街に引越してきて、そのときはほんの散歩の相棒ぐらいの軽い気持で飼い始めたのだった。が、その犬との十三年の暮しのあいだに犬はわたしにとって欠くべからざる存在となり、その犬に死なれたあとはもう二度と犬を飼う気になれなかった。そして事実わたしは以後五年はその決心を守ったのである。

その犬ハラスの死後五年目のある夕方、公園の中の柵のある野球場で十五、六匹の犬が引綱から放たれて群れ遊んでいるのを見たとき、その一瞬に瘦せ我慢の糸が切れてしまった。自分はすでに犬なしには暮せぬ人種になっていることを、わたしはそのとき思い知らされた。わたしはそのとき六十五歳になっていた。今から飼いだすと犬の寿命までこっちの命が持たないかもしれないと思ったが、それならそれでいいと覚悟して飼いだした。

当時はシベリアン・ハスキーとかラブラドール・レトリーバーといった大型犬が流《は》行《や》っていたが、前の犬の思い出のためにもわたしは柴犬以外に飼う気になれなかった。それが二代目のマホで、早速野球場に連れていって群の中に放すと、初めのうちこそくんくん臭いを嗅がれていたがたちまち群にとけこんで遊びだした。犬が大きいのも小さいのも一緒になって上になり下になりつっころばし合ったり、とつぜん群れてぐるぐる走り始めたりするのは、見るだけで心の躍る眺めだった。とくにマホは走るのが得意で、前の犬の尻尾の先をくわえるかくわえないくらいの距離を保って、付かず離れず疾走するという特技があって、犬飼い仲間の喝采を博しわたしをうれしがらせた。

その犬がすっかりわが家の暮しになれた六歳半の年に、とつぜん腎不全で急死してしまったのである。人間にすれば四十代半ばぐらいの若死にであった。それが去年の十一月三日のことで、夫婦ともむろん悲嘆に昏《く》れていたが、そのとき前からの事情を知っている人が「死んだ犬の供養のためにも、すぐまた新しい犬を飼うことをおすすめします」と慰めの手紙の中で書いてきた。これはわれわれにとって闇中の導きの星のような言葉になった。

それで今度は、前年の十一月三日にマホが死んで、今年の三月六日にはもう次の犬を飼う決心がついたのだった。

――今度は老人でも飼いやすい牝犬にしましょう。

という老妻の希望を容れて、やはり同じ柴犬の（前の犬たちへの愛着からも別の犬種を飼う気になれなかった）牝にしたのだが、それが一・七キロしかなかったのにはさすがに夫婦とも驚いた。前のマホは柴犬にしては異常に大きく二十キロを超えるおそろしく扱いにくい犬だったから、ハンナはその扱いやすさにかえって戸惑《とまど》うほどだった。

しかし呼名の混乱はたちまち起った。いたずらをした犬を叱るのに、つい、

——マホ、止めなさい、痛いじゃないの。

と叫んで、あとからハンナと言いかえることなどしょっちゅうだった。そこで悪いくせでまたわたしが、

マホハラスと言いてののちにハナと呼ぶ三代の犬ひとつながりに

と歌紛《まが》いのものをよむことになったが、これはわれわれの感情的事実だった。同じ柴犬ということもあるが、三代の犬はいつも同時にわれわれの気持の中に存在しており、かくて「前の犬の供養のためにも」とすすめてくれた人の助言は生きたものであることが証明されたのだった。

そしてわれわれの場合と同じように、老年の寂寥《せきりょう》と孤独を救う伴侶として犬を飼うというのが、この街で犬を飼う老人たちに共通する動機のようであった。老人だから

大型犬は選ばず、大抵が柴犬(これが圧倒的に多い)、ダックスフント、ポメラニアン、マルチーズ、ミニチュア・シュナウザー、ヨークシャー・テリアといった小型犬を飼う人がほとんどだ。

そしてどの人にとっても、老いてから飼う犬という存在は、たんなるペットという以上に、忠実なる暮しの相棒であり、話し相手であり、世話をやいてやるべき被保護者であり、そして何よりも安心してひたすら愛することのできる対象なのであった。

人間の子というのは言葉があり、それぞれの欲望や考えや好みがある。親がいくら愛してもまっすぐそれにふさわしい反応を示すとは限らない。反抗もするし、成長すれば親元を去る。

が、人間は何かに愛を注がずには生きていられない生きものである。愛されたいという願いよりも、愛したいという欲求をみたさずには生きていると実感できない。とくに老いた人間においてそうで、だから老人にとっての犬とは無条件に絶対的に愛を注いでやれる生きものなのである。ただ老人は人前でわが犬への思いを口にするのをはしたないと思うから、他人の前ではわが犬をけなしてみせたりするだけだ。

が、たがいに犬に寄せる思いのほどはわかっているから、老いた犬飼い同士は、見知らぬ他人に対して用心深い老人には珍しく、警戒心を解いて話し合うようになる。そうやってわたしも犬を通じてかなりの人と話し合うようになった。老人だから散歩の時間は規則正しく、会う人と時間は決まってくる。

いつも夫婦で柴犬を散歩させる人がいた。白いハンチングを被《かぶ》った痩せた夫は、脳《のう》梗塞《こうそく》にでもかかった後遺症か歩行が困難で、ゴムのついた杖をついてゆっくりゆっくり歩を運び、白髪の老夫人の方はしゃきっと背を伸ばして、犬に歩調をあわせて歩いてくる。この犬は前のマホの時は出会うとたんにギャンギャンわめきたてたが、牝のハンナになってからは急にすり寄ってくるようになった。

その反対におとなしい牝の柴の老犬で、マホのときは出会えば親愛のそぶりを示していたのに、幼いハンナが猛烈な勢いで親しみをみせるとうるさがって、鼻にしわをよせ、「ウウウ」と唸《うな》っておどすようになった犬もいる。

またある老夫人が連れた柴の老犬は、ふぐりがふくれあがる病にかかって、その巨大なふぐりを尻のうしろで左右にふりながら歩いてゆく。「老犬だから手術をしないでおきますの」と弁解しつつも、老夫人にはその犬がそんな状態ゆえにいっそう情愛が増すらしく、見ていてもいかに大事にいたわっているかがわかるのだった。

そういう顔見知りの犬と飼主が同じ町内ゆえにかなりいるのである。なかに一人、数年前に夫人をガンで失ってひとり暮しをしている安東という老人がいた。この人とわたしは犬飼い仲間である上に、町内の老人碁会の仲間でもあるので話し合うことが多い。子供はいるが、息子はアメリカに、娘はドイツにいるので、子供の世話は期待できない。しかし安東氏は気丈な人で、定年後は隠そうともしなくなった熊本弁で、

——今はもう子供をあてにすべき時代じゃなかとです。これからの日本人はもっと早く、子離れ、親離れをしなくちゃいけまっせんな。

とかねがね広言していたとおり、夫人に先立たれても愚痴ひとつこぼさず、ひとりでしゃきっと暮していた。食事や洗濯など日常のことはどうやっているのか、買物姿などを人に見せるのをその美学が許さぬのか、暮しの内情はいっさい人に見せずに、いつも背筋をピンと立てて、大抵はきりっとした着物姿でいるから、仲間うちではよく、

——あの人は一本差ししたら似合いそうだな。

と言われている。

サブという柴犬を飼っていて、その点でも気が合い、安東氏はわたしが行き合うと

必ず冗談か、辛口の社会批評か、からかいかを口にする親しい相手なのである。
そしてどちらも飼犬の毎日の便に必ず注意を払うというところで意見が一致しているのだった。

安東氏に言わせると、愛犬家の最大の関心事の一つは犬のウンコであり、古今東西、犬を愛するほどの者はつねに、わが犬が今日無事にウンコをしたかどうか、便の状態はどうであったか、に絶えざる注意を払ってきたのだそうだ。社会観察においても人間観においてもわたし以上に辛辣《しんらつ》なところのある安東氏は、こうまで言いきるのである。

——犬ば散歩させせん者《もん》や、ウンコに注意せんような者は、犬を飼う資格がなかとです。あなたもご存じのコーちゃん、越路吹雪は、わたしは彼女こそ現代最高の歌手と信じとりますが、夫を愛すること深いあまり、毎朝亭主どんのウンコをその目で確かめねば安心できなかった、というとっとじゃなかですか。あれと同じことですたい。

わたしはこうまで言い切らなくともいいと思うが、とにかくこの喩《たと》えでもわかるように安東氏の女優に関する知識は、越路吹雪と乙羽信子でとまっているのである。ただその点はわたしとて氏を笑う資格はなく、二人とも現代人の好みを堕落せしめた最犬の元凶はテレビだと信じているから一切テレビは見ず、従って現代のタレントと称する人種は一人も知らず、そのことを恬《てん》として恥じないことで意見が完全に一致しているのだ。だから近所の人は安東氏とわたしのことをかげでは時代遅れの因業《いんごう》じじいなどと呼んでいるらしい。

それはさておき、毎日の犬の便の状態に最大の注意を払う点ではわたしも同じで、毎日の日記に必ずつける項目の一つは、ハンナの便の状態なのである。

——ハナ、夕、丘の上で太く逞しき便をす。

——ハナ、朝、藪こぎ便、固良。

——ハナ、夕、南公園にて便、良。

などという記述が並ばぬ日はない。

それればかりか毎日朝夕の散歩から帰ってきてわたしがまず報告するのはその便のことであり、すると老妻のほうも近ごろいくらか曲り気味の背を伸ばして、

——それはようございましたね。

と犬の頭をなでてやる。

だからその反対に、

——今日は終りの方でなんだか急にゆるい便になった。

などと言おうものなら、老妻も急に、何か悪いものを食べさせなかったかとか、食欲はどうか、元気はどうかと、心配しだすことになる。そして翌朝ハンナが食欲を失っていたりすれば、朝一番にわたしが犬を抱え妻が付添って犬猫病院に行くことになる。それを見ると獣医は、

——先生がここまで抱いてらしたんですか。

とびっくりした顔をするが、ハンナは七・五キロほどだから老人でも抱いていけるのだ。前のマホは二十キロもある上に大の病院ぎらいで、病院につれていこうとしたり獣医を呼んだりすると大暴れした。ために、去年の秋の様子がへんだったときも病院に連れてゆくのが遅れ、入院させたときはもう手遅れだった。それにこりているのでハンナの場合は何かというと病院に連れてゆき、見てもらって、

——ふつうより少々バイキンが多いようですね。

などと診断され、注射をし、抗生物質を貰って、老妻をして「また五千円もとられたわ」と愚痴をこぼさせることになるのだった。

犬の便に注意を払わないような奴は犬を飼う資格がないと安東氏は断定的に言うが、

別の見方からすれば、そうやってたえず犬の健康状態にかまけることによって老年の孤独と寂寥とが忘れられ、充実して生きているような錯覚に陥っているのではないか、と疑う気持もわたしにはないわけではない。犬を飼うとはなんといっても余計な厄介事を背負いこむことにほかならなくて、事実毎日の犬の食事に頭を悩ます細君の方はときどき、何を食べさせたらいいかしらねえ、厄介だこと、とこぼす有様だ。なのにそれでもなお犬との同居をあえて選ぶ老人の心境というものは、考えようによってはおそろしく空虚なものに直面していると言っていいのかもしれないのである。いうまでもなくその空虚なものの向うにあるのは死だが。

そしてそのことを証明するような事件が、わたしの身辺で起った。わたしが一番親しくしている隣人の安東氏がある朝とつぜん倒れたのだ。

その朝わたしが早朝の散歩から戻りかけたとき、安東氏の家の前に梶という隣家の老夫人が心配気に立って門の中をのぞきこんでいるところに出会った。

――どうかしましたか。

――サブちゃんが先程から吠《ほ》えどおしなので。ほら、今もまだあんなに吠えてますでしょ。

なるほどそういわれてみると家の中で犬が、咎《とが》めるような訴えるような一種異様な鳴き声で休みなく吠えつづけているのだった。よほどのことがなければ犬はそんな鳴き方はしない。

——いつもは静かなおとなしい犬でございましょう。だから何かあったのではないかと心配で。

それも梶夫人の言うとおりであった。サブはどんな人が入ってきても吠えたことがなく、この犬はバカじゃないかとときどき疑わしくなるとですよ、と安東氏が冗談に言うくらいであったのだ。むろん安東氏の本音は、やたらに吠えぬ犬を沈着で大胆と見做《みな》し誇りに思っているのだが、人前ではそうやってけなすのが氏の美学なのである。その犬が今はワンワン吠えつづけているのだから何事か異常が起ったと思わぬわけにいかなかった。

安東家では夫人が在世中は決して犬を家に上げるのを許さなかったが、夫人が亡くなると安東氏は老人一人暮しの用心のためと称して、夜は犬を家に入れるようになっていた。わたしも不吉な予感にとらわれ、門扉のかけがねを外して梶夫人と中に入った。犬は玄関の中で吠えているようなので二人で安東氏の名を呼んだが返事がなく、犬がますますはげしく吠えたてるだけだ。しかも中のサブに呼応して今度はハンナまでがワンワン吠え始めた。

――奥さん、これはやはり何かあったんだと思います。安東氏が留守ということも考えられないではないが、それならサブもこんなに吠えはしないでしょう。泥棒でも入りかけたのか。とにかくサブは危急を訴えているんだと思います。中に入りましょう。責任はわたしがとります。

そう言ってわたしはハンナを庭木にくくりつけると、梶夫人と裏へ回り、石で台所の窓の錠のあたりを叩きわった。泥棒の真似をするのはこれが初めてだが、サッシの窓はなんなくあき、思ったよりたやすく中に入れた。わたしと梶夫人が中に入るとサブがふっとんできて、二人を玄関の方に導いた。

安東氏が玄関の廊下にくの字のような姿で倒れていた。血の気の失《う》せた土灰色の顔色をしていたからぎょっとして、もう死んでいるのか、と思った。が、しゃがみこんで、安東氏の手首を握るとまだ脈はあり、手もあたたかい。

――生きている。奥さん、すみませんが救急車を呼んでいただけませんか。

――はい。

わたしはそのときになって玄関の土間に新聞が落ちているのに気がついた。安東氏は新聞をとりにいって、廊下に上がったとたんに発作に襲われたらしい。サブはもう吠えるのを止め、今は狛犬《こまいぬ》のように坐りこんで真剣な表情で主人の様子を見つめていた。

どうもそれからのことは何も彼もが一度に起ったのでよく覚えていないが、救急車は案外に早く到着した。早朝の静かな住宅街にピーポの音を甲高く鳴らして着くと、隊員が入ってきて安東氏の様子をたしかめ、すぐ担架に乗せて運んでいった。その救急車の音で近所の人が少しずつやってきて、そのたびに梶夫人が一々説明してやらねばならなかった。わたしは台所の割れ散ったガラス片を掃除しながら、台所の流しも調理台も実にきちんと片付いているのに気がついた。男寡《おとこやもめ》に蛆《うじ》がわくなどというが、安東氏の場合はとんでもない、どんな家事練達の主婦の台所よりもきれいに整頓され、ゴミ一つないのであった。なるほどこれがあの人の生活美学か、とわたしは感心して眺めた。

——人間はいったんだらしなくなりだすと、とめどがのうなりますからな。

いつか安東氏がそう言っていたことを思いだし、つねづね老いたらますます身だしなみよくせにゃと言っている人の生き方が、この台所によくあらわれていると思った。そしてそれがすなわちその人の、いつこの世を去っても見苦しいことのないように、という覚悟を示すもののように見え、わたしは背筋にひやりとするものを感じた。

――あの人はいつ死んでもいい覚悟で毎日を生きているんだ。

安東氏のしゃきっとした生き方の秘密がここにあると、わたしはあらためて思った。

安東氏は脳卒中に襲われたのだった。病院までいって事情をきくと、係の医者は、あなた方がすぐ発見したから助かった、あのまま放っておいたら手遅れになっていただろう、と言った。発見が早かったために軽くてすんだのだった。その意味ではたしかにサブこそが主人の命を救ったのであった。

この話はちょっとした愛犬美談というので地方新聞にサブの写真つきで報じられ、サブはすっかり有名犬になってしまった。安東氏が退院後も訪れる人がひきもきらず、わたしが余計なことをしたためにと安東氏に逆恨みされる結果を招いてしまった。実際安東氏は命をとりとめたというのに、あまりそれをよろこんだふうも示さなかったのである。

安東氏は三週間ばかりで退院し、右半身にいくらか麻痺が残ったものの、言語障害もなく、脳卒中にしては比較的軽い症状ですんだのだった。

その三週間のあいだ食事その他サブの面倒は隣り近所の人がみた。わたしは散歩を引き受けた。が、もともとが非常に散歩の好きな犬なのにわたしが相手ではあまりよろこばず、それにその三週間のあいだ一度としていいウンコはしなかったのであった。いつも下痢便とまではいかなくとも消化不良の軟便なのだ。これにはわたしは、犬とはこうも主人思いなのか、とかえって感心してしまったのだが。

安東氏はやがて退院すると梶夫人とわたしに結構な快気祝いの品をくれ、一応感謝の言葉をのべたが、それがすむとまた元の口の悪い辛辣な人物に戻った。

――サブとあなた方のおかげでこうして助かりもしたが、妙なものですのう。命をとりとめてよかったと思う反面、一方ではなぜあのまま安楽に死なせてくれんじゃったか、と思う天邪鬼《あまのじやく》な気持もあっとですもんなあ。

――ふむ。相変らずひねくれ者だ、あなたは。しかし、その気持はわたしにもわからんじゃありません。死ぬなら一息に死にたいという気持はわたしにもありますからな。

――寝たきり老人にだけはなりたくなかですもんなあ。人は長生きするばかりが能じゃなかですよ。

――するとサブは御主人の命を救った名犬どころか、主人を安楽な死出の路からひき戻したおせっかい犬ということになりますか。

――いや、それほどまでにはいかにわたしでもひねくれちゃおりまっせんばってん、世間のように助かったのをただいいことばかりは言えんというとるとです。

――九十三まで生きたうちのかみさんの母親は、しょっちゅう、もう生きるのに倦《あ》きた、と言ってましたが、今になるとその気持もわからんではありません。

――まあ、いずれは死ぬる日が来る。その日が必ずくるのを信じて、一日一日を生きるしかなかとです。自分で自分を支えるしかなかですもんなあ。

――そう、そのときまで犬を友として。

――さよう、犬を友とも伴侶ともして。

ハハハ、と七十を過ぎた老人二人、そんな世間からみたらずいぶんとひねくれたような意見をかわして笑ったのだった。老いた人間の生の気分にはこんなふうに苦味が濃くただよっている。もはや人生に徒《いたずら》な希望も期待もかけず、悪いことがあっても当然と見做して容易にはへこたれず、辛抱強く、何かに耐えて生きているのが老人なのである。疑り深く、容易に物事を信じない、そういうひねくれ者の老人の心を唯一ひらく相手が犬なのだった。

サブは安東氏がまた散歩につれ出すようになると、元のようにいい便をしだしたという。わたしはそのうち安東氏と話し合って、ハンナの最初のお相手にサブを選び、安東氏生還記念の子をつくろうかと思っている。

ハンナ。お気に入りのリュウノヒゲの上で。

四代目ナナ誕生

仔犬のいる風景

一九九九年八月二十八日、わたし方の牝犬ハンナ（二歳八ヶ月）が三匹の仔犬を産んで以来、わたしと妻の生活は完全に犬中心になった。朝から晩まで彼らにかまけて、ほかの仕事はまるでできない。生れたばかりの仔犬くらい愛らしいものはなく、彼らの眠っているさま、食べるさま、遊ぶさま、走るさまを見ていれば時間の経つのも忘れ、一日はあっというまに過ぎてしまう。うんこしようと力んでいるところさえ愛らしいのだから、どうしようもないのだ。

ときにはあまりの面倒さに、なぜ仔犬を作ろうなどと思いついたんだと、自分を呪う時もあったが、しかしそれよりも彼らの与えてくれるよろこびとたのしさの方が大きいので、今日まで七十余日やってこられたようなものであった。

四十五日をむかえるころには、仔犬たちはどれも、まず腰が立ち、ついで尾が立ち、家中を自由気儘《きまま》に駆けずり回るようになった。その騒がしさといったら、走り回り、ふざけ合うのは、疾風が渦巻くようで、犬小屋の中に住んでいるのと変らなかった。が、ひとしきり大騒ぎすると、ことっと横になり、三匹の仔犬は一日の大半を寝てすごす。長椅子の下に三匹が団子のように重なって寝ている姿は、これまたこれでいくら見ていても倦きないのである。

そのあいだの母犬の子育てぶりは、見ていてただ感心するばかりだった。仔犬たちがまだ高さ三十センチの柵の中に収っていたあいだは、仔犬たちが大小便をすれば、すぐ自分が食べ飲んできれいにしてしまった。ときどき仔犬たちの尻を舐めて便意を促している。

仔犬がやがて柵をこえて室内を勝手に這い回りだすと、たえず彼らを監視していて、悪いことをしたと見ると嚙んで叱りつける。ついこのあいだまで自分自身が甘ったれの若い牝犬だったのが、子を産んだとたん威厳のようなものさえ生じ、権威と自信をもって仔犬の養育に当るさまは、本能とはいえただただ感心するばかりだった。誰が教えたわけでもないのに、ひとりでお産の処置をすませ、乳を与え、子の汚物を食べ、仔犬の健康に気をつけている。遠い先祖からのDNAが為せる業なのだろうけれども、その姿には尊ささえ感じるようだった。近頃の若い人間の母親が、マニュアルどおりにいかぬ子育てに悩んで、子供の虐待をしているなどと新聞で読むと、人間より犬の方がはるかに偉いと思ったりした。

が、そのうちいやでも子離れ、親離れのときがきた。三週間すぎるころには、次第に乳の出が仔犬の要求量に間に合わなくなり、母犬はほんの僅かの時間、ものの、一、二分か、犬小屋に入って仔犬らに乳を与えると、すぐとび出してしまうようになった。仔犬らはすると柵をこえて母親を追いかけ、乳に食いつこうとするが、それをすべてはねのける。

そのころからこちらは彼らに与える人工乳や、幼犬用の食糧の製作に追われるようになった。日に六、七回、夜中の二時頃にも作ってやるのだから、この三週間目ごろから四十五日までのあいだが、われわれ夫婦にとっては一番大変だった。わたし方では妻が夜ふかし型で、わたしが早寝早起き型なので、その組合せでようやくこの難所

三匹の子に乳を吸われるハンナ。

を切り抜けられたようなものであった。

やがて母犬の乳が完全にとまった。仔犬たちの食い物の世話は人間に任され、われわれは起きるとすぐ彼らの体重を計って、一喜一憂しつつなんとか食って貰おうと努力せねばならなくなった。

仔犬どうしでもそのころから個性がはっきりしだし、目方もそれぞれに違ってきた。犬は最初の一年で人間の二十歳に相当するまで成長するというが、毎日三十グラムとか五十グラムずつ増えてゆくのだから空恐ろしいようである。生れたとき二百五十グラムだった仔犬が、一週間で倍の五百グラムになったのであった。それが千グラムをこえるころから、人間の手に養育が任されたのだった。

四十五日を過ぎたころには、仔犬たちは台所の二キロ秤では計りきれなくなった。そのころには鋭い乳歯も生えそろって、相変らず乳を求めて乳首に吸いつこうものなら、母親にギャンと叱られるようになった。いよい親離れの時が来たのである。

さいわい同じ番地内に、犬に死なれて一、二年になる愛犬家がいて、前々から約束もしてあったので、貰われ先に悩むことはなかった。それぞれの家に引きとられてゆくとき、母犬がどんな反応を示すかと注目していたが、騒ぎもせず、黙ってただ見送ったのは意外だった。わが家には一番成長の遅い牝の仔犬（ナナと命名）が残った。
そしてそれから今日までがこの母と娘の毎日である。

もともとわたしが若い牝犬ハンナに子を産ませようと考え、決心した一番の理由は、この母と娘のじゃれ合う姿を見ようということにあったから、その日がとうとう来たわけである（もう一つの理由には、世間には早くに避妊手術をされた牝犬がわりと多く、彼らの姿を見るに忍びないということがあった）。そして二匹が貰われていってから約一ヶ月、この母と子の日常を見てわたしは満足している。

この母子との毎日は、たとえばこんな具合だ。

朝、わたしが起きて階段を下りてゆくと、客間の長椅子の上で母親と寝ていた仔犬が、その音を聞いてトンととびおりる音がして、階段を下りきったときにはもう、とび上り跳ね上り、全身でわたしを熱烈歓迎する。朝起きていけばこんなふうにこちらの出現をよろこんでくれる者がいるということは、わたしにとってそれだけですでに何事かである。仔犬がいなければ朝からこんな喜悦の感情で一日が彩られることはないのだから。

が、この仔犬ナナはいささか人懐っこすぎるところがあって、油断がならない。というのは、あまりの熱烈歓迎ぶりについ抱き上げてやろうものなら、逆らいがたい勢いでのび上って口をとがらせ、舌をちょんとこっちの口の中につっこんでくるからだ。いままでわが家にいた三匹の犬でこんな仕草をするのは一匹もいなかった。老いたわたしはこのあまりに生々しい歓迎の意思表示に辟易《へきえき》するが、仔犬の気持はわからないでもない。

それから朝一番にわたしのする仕事は、母犬ハンナに朝の散歩をさせることである。仔犬は三ヶ月間（骨格が固まるまで）引き綱をつけてひっぱってはいけないといわれているので、家に置いておくしかない。

――さあ、お前は留守番だよ。

と、ドアの中にとじこめると、初めは怒って鳴き叫んだが、次第に待つことにも慣れた。

しかし、そのあいだ待ちわびていたわけで、母犬が戻って、客間へのドアを開けたとたん、仔犬の感情は爆発する。「待ってたよー」というように全身で母犬にぶつかり、母犬がそれを受けとめて、それから朝一番の母子の肉弾戦が始まる。仔犬が母犬の肩を嚙もうとし、母犬がよけて逆に仔犬を嚙もうとし、それから二匹一団となって家中を疾走しだす。日に二、三度はやるこの母子のじゃれ合いは、これまた見ていて心のわくわくする眺めである。

ときにそれは庭で始まって、灌木や石やさまざまな障害物のある中を、よくあれでぶつからぬものだと感歎するくらい、全力疾走で追っかけっこしだす。ときには母犬が仔犬をけしかけて追ってこさせたり、逆に逃げる仔犬を追っかけたりする。仔犬は走るのは速いが、まだ筋肉が発達していないので、母犬がとつぜん向きを変えて逆方向に走りだすのについてゆけず、そのまま疾走してしばらくいってから追いかける。そんなさまをわたしはそれが終るまで、陽だまりの庭の椅子に腰かけて眺め、大きな満足を感じているのだ。

ひとしきりそうやって全力で走り回ると、やがて母子とも長椅子の上に戻り、ことっと寝てしまう。母犬の尻に頭をのせ、二匹重なるようにして寝ているさまは、これはこれでいくら眺めていても倦きない景色だ。ときにわたしはそうやって、日がな一日犬たちにかまけてほかに何もできないでいる自分を顧み、バカらしい時間の使い方をしているなと反省しないではないが、それより彼らを眺めていて呼び起されるいき

いきしたよろこびの方が強い。そこでそのたびにわたしは自分に納得させるためにも、

――つまりは、こうやっていることが、生きているということなのだな。

と呟く。

これは、今こうしているこの時以外に別の意義ある人生があるわけじゃない、こうやって犬たちを見てたのしんでいる今が、人生の時のすべてなのだ、というくらいの意味で、わたしは近頃はとくにそう思うようになった。

わたしは以前犬を飼う決心をするとき、この犬の寿命まで自分は生きていられるだろうか、などと考えることがあったが、あるとき以後そんなふうに考えるのは誤った考え方だということに気づいた。人にあるのは、今生きてここに在るという時だけで、未来とか過去とかいう時があるわけではない。人にできるのは、生きてここに在るという時を力一杯押してゆくことだけだ。そこにおのずから未来が生じ、過去が生れるにすぎない。そう思うようになって以来、時間を過去から未来へ向って延びる棒のようなものと思うことを止めた。

――しかあれば、松も時なり。竹も時なり。時は飛去《ひこ》するとのみ解会《げえ》すべからず。

た。

飛去《ひこ》は時の能《のう》とのみは学すべからず。

『正法眼蔵《しょうぼうげんぞう》』「有時」の章のこんな言葉が、すんなりとわかった気がするようになった。

だから、時とは飛び去るものとばかり理解してはならぬ。飛び去ることが時の働きであると考えてはならぬ。松が今そこに在るということが、とりも直さず時なのだ。竹の在ることが時なのだ。存在はすべて時なのであって、時とはすなわち存在なのである。自分が今ここに生きているということが、時なのだ。

そんなふうに考えると、気持が非常に楽になった。生きているあいだだけが人生だ。それ以外のことは知らない。知ることもできない。知ったところで何にもならない。そう思えば、この犬の最期まで自分は生きていられようかなどと考えるのは、感傷にすぎず、無意味な仮定なのであった。

先だって、生後七十日目に、生れて最初の予防注射をさせるべく、ハンナの産んだ三匹の仔犬は別離後初めて一堂に会して、一緒の獣医の所へ出かけていった。兄弟という感情はあるのかと見守っていたが、一緒に遊びはするものの特に懐しがる風もなく、やはり別れればそれぞれの家の犬になりきっているようなので、かえって安心した。それぞれの家の飼い方も違えば、人間関係も違う。犬はその家の風になじんで生きてゆくもののようであった。

ただ、生れて以来の成長の関係は別れていても変らず、三番目に生れたのが今も一番大きくて三千八百五十グラム、一番目に生れたのが三千八百グラム、二番目に生れ、つねに一番小さかったのでチビと呼ばれつけていたナナが、やはり一番小さくて三千三百グラムだった。しかし敏捷性は、このチビが一番のように、飼主の欲目には見えた。

彼らの前にこれからどういう生涯が展開するのか、これればかりは誰にも予測できないことだが、三匹とも事故も病もなく無事に生きていってくれと祈るしかない。年をとるにつけわたしはますます、進歩発展などは願わず、ただ現在が無事にすこやかに進むことばかり願うようになった。ドイツ語で、すべてが秩序のもとにあるという言い方をするが、それが一番だという気がするのである。

三匹のきょうだい。左ナナ、中央シロ、右クロ。
二匹はよそに貰われていった。

犬の親子のいる暮し

去年の八月二十八日に、柴の牝ハンナ三歳が三匹の子を産んで、うち牡二匹は近所にもらわれてゆき、一番チビの牝ナナだけが残った。親と娘の遊ぶ姿はいいものですよ、と人にいわれたのがもとでハンナに子を儲けさせたのだから、わたしの念願が叶ったわけであった。そしておおむねのところ今は想像していたとおりにいっている。

初めのうちは母犬が仔犬をしごいた。仔犬に喧嘩の仕方を教え、走りを教え、だんぜん母親の力と権威を示していた。ときにはそれがあまりに猛烈なので、これは娘を愛していないのか、と疑われるくらいだった。

が、朝と晩の二回、そのはげしいしごき教育のほかは、日なたで母犬が寝ていれば仔犬はその尻や腹にかぶさって寝る。仔犬が近寄れば母犬がその尻や腹を舐めてやる、というふうで、それはそれでなかなかいい眺めだった。母犬がガラス戸の外側の、そこだけ朝日が当る幅二十センチほどの敷居にながながと伸びていれば、そのうしろに仔犬が真似をして寝ているなんて光景は、写真にとらずにいられない。

ところがそれからしばらくして、五ヶ月半たち、仔犬が急に背も伸びからだが母親と同じくらい成長してくると、その力関係が変った。今度は優位に立ったのは仔犬である。

もう仔犬ともいえなくなったナナは、自分のほうから母犬に喧嘩をしかけるようになった。声変り期の甲高い声でギャーというようなすさまじい声をたてて挑みかかると、母犬がそれに応じて叫び、それからたがいにギャンギャンと猛烈な声で吠えたてたてとっくみあう。ナナは口が裂けるくらいの大口をあけて母の首筋を噛もうとし、母犬がはねのけ、そのうるささといったらない。「うるさい！」とわたしが大声でどなると、いっときはやめるが、またすぐ始まる。いつもしかけるのは娘の方だ。

散歩のときでも、圧倒的にナナの方が元気がいい。

冬のあいだ、わたしが六時に下におりてゆくと、その前から二階でわたしが起きたことを気配で知っているナナは、低い声で「クーン、クーン」と甘えたような鳴き声を立てて催促している。ソファからとびおり、つながれている紐を目一杯ひっぱって、わたしにとびかかる。べろべろ舐め、腕の下にもぐり、全身で感情を表現するさまは、毎朝のことながら愛さずにいられない。こんなふうに気持をじかに表現する犬は、わたし方で飼った四代の犬のなかでナナが一番だ。

母犬ハンナは、階段の下に据えた犬小屋に入って寝ている。こちらはどういうものか犬小屋が好きで、犬小屋に入って寝る犬も四代のなかでハンナしかいない。

ハンナの犬小屋に並べて、わたしがベニヤ板でナナ用の犬小屋を作ってやったが、こちらはどういうものか断じて入ろうとしなかった。やむなくソファの脚につなぎ、当人はソファの上で寝ている。犬小屋にもソファの上にも、犬用のヒーターが置かれている。

娘の方が、敏捷性でも運動能力でも優勢になり、わたしたちもつい娘をかわいがりがちになったのを見ると、ハンナはいっときひねくれてしまった。餌をやっても、娘を先にするとフンというようにそっぽを向いて食わない。小屋のなかにわたしが手を入れると、ギャンと怒ったように叫ぶ。

それに気づいて以来、何事でも母犬の方を先にするよう心掛けたら、ハンナのひがみもようやく融けていったのだった。

そこで、冬だからわたしが厳重に仕度して、いざ散歩というときも、ハンナを先にしなければならない。それからナナ。二匹の引き綱を左右の手に握り、うんこ採取用のビニール袋を持って、早朝の冬の街に出てゆくのは、毎朝のことでも、ある種の緊

ハンナとナナ、母娘の午睡。

張感をともなう。

ナナの方は、ノドをぜいぜいいわせながら目一杯綱をひっぱる。ハンナの方は、太り気味でからだが重いのか、どうしてもあとになる。その二匹を、母犬は右、仔犬は左と、絡まないように引いてゆくのは、いささか技術と訓練と力が要る。とかく左右が逆になったり、一方は前へ進み、一方は後に残って、わたしが左右に引きさかれることもしょっちゅうあった。しかし、二匹の犬をつれて散歩するのは、いささか晴れがましい気になるのでもある。

夕方は、人通りも繁く、散歩する犬たちの数も多いから、一匹はわたし、一匹は妻が引いて、二人で二匹の散歩をする。このときも、ナナのほうはどんどん先に進み、ハンナは遅れ気味で、何度も途中で速度を調整しなければならない。

だから、老妻がカゼで寝こんだときは大変だった。

水曜日、薬をとりにいった東京の病院の待合室で、二時間待たされたあいだに感染したらしく、木曜日にはもうカゼの症状がひどくなった。金曜日には、八度九分という、ここ何十年なったことのない高熱を発し、ものを食べても嘔吐し、完全にインフルエンザ、それもひどく悪質のものにかかったことが明らかになった。

が、わたし方では、およそ病院にゆかず、大抵のことは近くの漢方医を頼りにする。このときも、漢方医に妻が電話で症状を訴え、わたしが薬をとりにいって、それをのみ、ひたすらただあたたかくして寝ているしかなかった。薬は、麦門冬湯《ばくもんどうとう》、板藍根《ばんらんこん》、小青竜湯《しょうせいりゅうとう》である。漢方では熱さまし剤を用いず、熱は汗で外に出すようにする。

朝夕の犬の散歩も、犬のめし作りも、わたしがやらねばならなくなった。昼の食事の仕度、めし炊き、夕食のための買い出し、煮物、調理も亭主がやらねば外にやる人間がいない。食欲のない老妻のために、ミルクティーやすだちジュースを運び、容態をきく。それらをしながら合間に机に向うのだから、仕事はほとんどできないと変らなかった。

このときぐらいわたしが、老人夫婦の家庭の脆《もろ》さを身にしみて感じたことはなかった。もし自分までがたおれたらどうなるだろう、と思うとゾッとした。

といって、派出看護婦なんてものが今もあるのかどうか、派出婦制度があるのかどうかも、いままで老夫婦二人でやってきたわたしには知りようもない。

もし老夫婦二人とも入院なんて事態になったら、犬たちの世話はだれがしてくれるのか。一方がたおれただけでも恐慌をきたしているのに、もう一方までたおれたらまさに家庭崩壊である。

土曜には高熱は下ったが、充分に発汗させられなかったのか、まだ微熱はのこった。が、ともかく重態は脱したのでほっとした。ミルクティーにトーストを食ってももう吐くこともない。しかしまだ全快というのではないから、わたしが買物にゆき、食事を作り、犬の食いものを作り、散歩させる状態はつづいた。そしてつくづく、主婦の仕事は大変なものだと痛感した。

わたしは昔者だから、一応ごはん炊き、味噌汁作り、魚を出刃でさばいて焼いたり煮たりぐらいはできる。ふだんでもときに食器洗いを手伝うこともしてきた。が、買い出しから始まって、調理、食事の後片付け、それらを三度三度の食事ごとにやるとなると、重さが三倍にもなってのしかかってくる感じである。こんなことを何十年もやってきてくれたのか、とあらためて老妻に感謝せずにいられなかった。

犬たちは、妻が二階でねたきりで起きてこないのを異常に感じたか、二階に上ってゆき、妻の部屋のドアの前にうろうろしている。わたしがドアをあけてやると、ナナは猛烈な勢いで突進し、ベッドにとび上り、妻が懸命にふせぐ隙間から、鼻先をつっこみ、舐め、つつこうとする。それは、いったいどうしたの、どうしておりてこない

家に残ったナナと母親ハンナ。

の、と咎めているふうでさえあり、高熱と食欲不振で気が沈んでいた妻も悲鳴をあげながらそれを受け入れずにいられないのでもあった。

妻がねたきりでなくなるまでに四、五日かかり、全快とまでゆかずとも危機を脱し、少しなら起きていられるようになるまで二週間以上かかった。そしてそうなったころになって、わたしの住む地域にも、老人家庭や困った家庭に手伝いにきてくれる主婦たちのヴォランティア組合のあることがわかった。わたしの恐慌ぶりを知って危機感を覚えた人が、県庁のしかるべきところに問い合わせ、その存在を教えてくれたのであった。一日、その組合の人が二人して訪れ、手伝いにきてくれることになった。

ナナは、そのあいだも、わたしの姿を見さえすれば毬遊びをしようと誘いかけるのをやめなかった。これはいままで四代のなかで、初代のハラスしかやらなかったことで、毬を投げてやれば何度でもとりにゆき、くわえてきてわたし、またすっとんでゆく。ハラスはなかなかわたそうとしないでわたしに腹を立てさせたが、ナナはすぐわたす。そのかわり何十遍でも何百遍でも、わたしがうんざりするくらい毬投げを迫る。その敏捷性、根気、遊び好きには、わたしも応じないわけにいかなかった。

その間、母親ハンナは、狛犬のように坐って門の方を見つめている。どんな思いでいるか、その存在も気がかりになる。母親が娘に嫉妬することがあるのを、わたしはナナが生れてから知ったばかりだ。

ナナにとってもう一つのたのしみは、同じ番地内に貰われていった兄弟と、道で会ったり、その家へいったりして、ふざけあうことである。三匹いるころから、成育の速さはいつも他の二匹の牡におくれていたが、五ヶ月たった現在も、たまに会うとやはりナナが一番小さい。小さいから大きい兄弟にとかく下敷きにされるが、敏捷性のほうは、なにぶん幼いときから母犬にしごかれ、今も毎日母犬と戦う練習をやっているので、兄弟にまさる。それがわかっているのでわたしも安心して見ていられるのだった。

久しぶりに会って兄弟とナナは全身でぶつかり、とびかかり、とっくみ合ってふざけるが、母親ハンナは、子供たちを見ると、必ず一声「ワン」と、すごい声で吠える。そのさまは威厳にみち、「お前たちどこにいってたんだ」と咎めるようで、図体は母より大きくなった子供たちもその声にはすくんでしまうのだった。

老妻が重態に陥り、これから先どうなるだろうと暗澹となったとき、ときどき、この上もし自分までたおれ、死んだら、この犬たちはどうなるだろう、などという考えがちらと頭に浮ぶことがあった。母親ハンナにしろまだ四歳、ナナは一歳にもならない。当然彼らよりわたしが先に死を迎えるわけだが、わたしはそんな思いが浮ぶたびに頭を振って、こんなふうに考えるのは悪い考えだ、とそれを払いのけることにした。

犬たちを飼いだして約三十年、彼らを見ていて感心するのは、犬にはただ「今ココニ」という時しかないのを知るときであった。どんなひどい怪我をしても、死期が近づいても、犬は生きている今を精一杯生きようとし、それ以外のことをしなかった。人間にとっても事情は同じではないか、とわたしは思った。人間だって、よく考えれば「今ココニ」以外に生きる所はない道理である。昨日は去ってすでになく、未来はまだ来ずして存在しない。在るのはつねに「今ココニ」であり、心身全部の力でそれを生きてゆく以外に生きる所はない。それならば、余計なことは思わず、犬と同じく「今ココニ」だけを生きていこう、と決心し、それに徹することにした。

三匹のうちナナは一番チビだが、敏捷さも好奇心も一番。

犬が病むと

わが家の犬ナナ（柴犬・牝・一歳七ヶ月）は、老夫婦によろこびと幸せをもたらすために生れてきたような犬で、家の宝ということから別名タカラと呼んでいる。そのタカラが三月初め病気になったから、わが家は恐慌をきたした。

ナナは柴犬には珍しく毬遊びが好きで、テニスボールを投げてやると何十遍でも倦きずにとってくる。わたしが投げるとすっとんでいってくわえ、走り戻ってわたしに毬をとらせ、また次のためにとんでゆく、その敏捷で一心不乱な動きが好ましく、わたしは庭椅子に坐ったまま何度でもお相手してやるが、その日はどうも具合がへんだった。

毬をくわえたまま草の上で後肢を両側にひらき、小便をしようといきむふうだが出ない。そんな動作を何度もするので変に思い、妻を呼んで告げると、即座に「頻尿じゃないかしら。それだったらすぐ医者につれてかなくちゃ」と言ったのが、恐慌のはじまりだった。

わたしは犬が病むと聞いただけで、血圧が上り、心悸亢進し、平常心を失う。ナナを連れて獣医の所にゆくあいだ、わたしはすでにあらぬことを考え、はや心が空に飛んでいた。獣医は話をきくと尿を採ってきてくださいと言い、さいわいすぐ採れたものの、検査の結果を待つあいだも気が気でない。

獣医は引き伸したフィルムを指でさしながら説明した。

——ここに白い結晶が見えますでしょう。膀胱炎をおこしていて尿結晶ができています。pHが高く、膀胱内がアルカリ性になったため、結晶、結石ができやすいのです。

——治療の方法は、第一にpHを下げるためにpHコントロール薬餌食を与えること、第二に膀胱内に菌があるので抗生物質を毎日与えることしかない。

そう聞いたとたんわたしはどうやら、これでこの犬はまもなく死ぬ、と思いこんでしまったようだ。腎不全でたった一晩で死んだ二番目の柴犬マホのことがたえず念頭にあったせいである。獣医の診断は死刑宣告のように聞えた。

それまでは肉でも魚でもチーズでも、好むものを全部与えてきた犬である。その犬に、見るからにいとわしい色をしている薬餌食しか食わせられないのかと思うと、それだけで胸が潰れるようだった。自分の病気も知らぬげに元気にしている犬があわれでならなかった。

貰ってきた缶詰についていた説明書には、この病気（下部尿路疾患ＬＵＴＤ）は食餌管理によって、尿結石を作るマグネシウム、シュウ酸、カルシウムの摂取量を調整し、総水分摂取量を増加させるのが唯一の治療法とあった。排尿回数の増加、一回の尿量が少ない、といったＬＵＴＤの病状はすでに出ているが、これがさらに進行すると、全く尿が出ない、尿毒症、非常に危険な状態に陥るとあって、それを読んだわたしが最悪の事態を想像してしまったのも、この時は仕方なかったろう。だいたいにおいてわたしは何事でも、何か起るとまず最悪の事態を想像してしまい、そこから事態を受け入れるというやり方が、習い性となっている。

家に帰ってわたしは、今にも犬が死ぬと決ったような声で妻に告げた。

——膀胱炎で尿結石ができてるのだとさ。

それが三月八日のことで、それからの一週間をどう過したのか、今ではもうよく覚えていない。わたしはナナがもうじき死ぬとばかり思いこんでおり、胸が潰れ、生きた心地もしていなかった。必死になってそのまずそうな薬餌食を犬に食わせた。ナナが素直になんとか食おうとし、しかし少し食うとイヤになるのを、心を鬼にしてむりやりノドにつっこんだ。

酒を呑んでも、心ここにあらずだから、酒が少しもうまくない。夜、床についてもよく眠れない。すぐに目が覚め、覚めれば思うのはナナの死のことばかりで、その辛さを忘れるため常時枕許に置いてある紙に、歌紛いのものを書きつけることでもするしかない。

　悲しきは犬の性《さが》なりおのが身の病も知らで綱引きてゆく

　よろこびと幸のみわれらにもたらせしタカラは病みぬわぎもこ病みぬ

　生ハ悲シ生ハ悲シとつぶやきつつ病む犬つれてわが家に帰る

毎晩そんなことを枕許の紙に書きつけて思いを発散する以外に、何もできなかった。といって、朝が来れば犬は元気に散歩をせがみ、外に出れば力一杯綱を引くのは変らないから、その現実と獣医の診断とのあいだで、わたしは頭がおかしくなりそうだった。

呑んでも酒がうまくないから、一年中絶やしたことのない酒を一週間断ち、酒断ちして犬の病の快癒を祈ることでもするしかなかった。

毎朝の散歩道の途中に、坂道を少し上ると出られる小高い丘がある。丘に上ったころちょうど朝日が東南の方角からぱっとさしてきて、我も犬もその光にあたるとなにかよいことが起りそうな予感がした。そんなときは、神信心をしたことのないわたしでも、太陽に手を合わせて、おてんとさま、犬の病気を癒してください、と祈った。だいたいがナナという犬は、生れて以来愛しか知らず、イヤな目にあったことが一度もないためか、性質が素直でやさしく、この犬のあることが老夫婦にとってはよろこびのたねなのだった。その犬が病んだという事態を、わたしはどうしても受け入れることができなかった。

いかほどか我は汝を愛しけむわがタカラなり犬《けん》汝は
尿結石などなきが如くにとび走りマリとる犬があわれでならぬ

毎晩眠れぬままそんな歌紛いの言葉をひねりだして、みずから慰めるしかなかった。三、四日すると、しかし、そんなふうに嘆いていても何もならぬと思い返し、とにかくすべてを犠牲にしてでもこの犬を癒してやらねばおかず、と決心した。為すべきことは、感傷にふけることでなく、具体的に役立つ仕事をすることだ。それは薬餌食をなんとしてでも食わすこと、少しでも多く水をのますこと、相手をして遊ぶこと、散歩中もたえず小便の様子に注意することぐらいしかないが、心をそうやって切りかえることでわたしの気持もいくらか楽になった。

獣医に鳥のササミを煮た汁ならのませても可ときくと、ササミを毎日買ってきて、その汁をのませる。のまないときは、スポイトを何本も買ってきてむりやりのます。漢方の猪苓湯《ちょれいとう》が利尿剤にいいときけば、それを需《もと》めてきてのます。pH食を缶詰だけでなくドライタイプのものも加えてもらう。等々。

ひたすら犬の治癒にのみ当った一週間が過ぎ、朝の散歩のとき採尿して獣医に持ってゆくと、pHが大いに改善されているとの検査結果が出て、このときはじめて心に明るい光が射した。一時はpH8もあったのが、一週間後には少々下りすぎのpH6にまで下り、缶詰食はそれで中止になった。

が、依然としてpH調節食餌しか与えてはならず、その食餌も、製品を変えると当初はよろこんで食うが、少しするとイヤになってしまい、次から次へ変える始末だった。

が、ともかく治癒の希望は立ったのである。三月二十二日にはpH6・2と理想的な状態にまで回復した。膀胱内の菌はなかなかなくならなかったが、それには抗生物質を与えつづけた。

その間ナナは、まずい薬餌をむりやり食わされたり、スポイトで強制的にササミ・

スープをのまされたり、イヤな目にさんざんあわされたにもかかわらず、一度としてはげしくあらがうとか、ギャーという声を出すとか、したことがなかった。イヤがってもとにかくおとなしく従うのが、かえってあわれをさそった。

わたしが一番辛かったのは、朝はこっちがパンを食べているとき、チーズをのせたそれのお裾わけにいそいそと寄ってきていたのが、何日かするとナナはそれもしなくなったことだった。また、晩酌のときは酒の肴を与えたりしていたのに、それを要求することもしなくなった。

わたしにすればそれが犬と暮すたのしみの一つであったのに、できなくなってつまらなかったが、事態を察して自然と習慣をやめた犬には、やはり感心しないでいられなかった。それまでならよろこんで食うこともなかった犬用のドライフードに薬餌食をまぜたものを、今はがつがつと食ったりするにいたったのである。

それに対しダメなのは人間の方で、ナナがドライフードを食っていると、つい見かねてその上にチーズをこまかく削ってのせてやったり、肉のかけらを加えてやったりせずにいられない。そうやって少しでも犬をよろこばせようとするのだが、そんなことがすぐpH値にはねかえってしまうと知りつつ、ついせずにいられないのだ。

散歩から戻って、ナナが水をぴしゃぴしゃのみはじめるのを見るときは、心がおどった。そういうときは息をひそめて、何度のんだか数え、老妻を呼んで今日は四十回のんだなどと知らせ、ともによろこびあった。

こうやって一喜一憂しながら一ヶ月余、四月十三日に至ってついに、慎重な女医から、ほぼ正常に戻った、という判断が下される日が来た。pH食は依然つづけなければならないが、ともかく死の側に向ってなだれ落ちてゆく事態は免れたのである。

ナナ自身は、その間ずっと元気で、散歩に出れば綱を強く引き、立派な便をし、小便の方も次第に量が多く、勢いよくするようになった。頻尿はおさまった。医者にいって診察を受けたことは二回で、病院でイヤな目にあうこともなかった。そして何よりわたしにとってうれしかったのは、強制的な薬餌食投与をしたにもかかわらず、彼女がそのことで少しも人間不信に陥らなかったことだった。

なんとなくうれしくなりぬけふの朝ナナの小便異常は消えぬ

病状がよくなるにつれ次第に歌紛いのものを作ることも少なくなり、それがもはや胸の潰れるような思いがうすれたことのしるしであった。夜もよくねむれるようになり、酒もまたうまくなった。つまり平常に戻ったのであった。

年をとると無事が何よりありがたいと、今度の出来事のあいだじゅうわたしは思いつづけていた。若いころは毎日なにか面白いこと、珍しいこと、めざましいことがないとつまらぬ気がしたが、老年になってはその逆で、何事もなく一日一日が無事に過ぎてゆくことが、何よりもありがたい。無事を退屈とは感じず、平安な一日を味わって生きているのが一番という思いは、年とともに深まってゆくばかりだ。

犬が病むというただそれだけのことが、こちらの平安を奪い、あたかも世の終りが来たかのように心を騒がせる。膀胱炎というのは現代犬に多い一般的な病で、ただちに死に至るものではないとあとで知ったが、愛する犬が病んだと聞けばそれだけでもう、日常の落着きは破られてしまう。

ナナのpHが平常値に戻り、膀胱炎もおさまったと知ったときは、だから生き返ったようなよろこびを覚えた。外出先から戻って、門までナナがすっとんできて歓迎する。何度でもとび上ってよろこびを表すのを見ると、外でどんなことがあっても心がおどり、幸福感につつまれる。いつまでの命かしれないが、この幸福あることが生きていることだという気がするのである。

客がくると石の上に避難するナナ。

心身永閑ということ

総理府の発表した人口統計調査によると、一九九八年の「敬老の日」(九月一五日)現在、六十五歳以上の高齢者の推計人口は、昨年より七十六万人増えて、二千四十九万人となったという。総人口に占める老人の割合は、一六・二パーセントである。その約千九百万人の老齢者の中で、男は八百五十一万人、女は千百九十八万人で、男の一・四倍になる。

八十五歳以上の超高齢者で見ると、男は五十一万人に対し、女は百十九万人と、二・三倍も多い。女性の長寿が際立っている。

わたしはあまり数字に重きを置かぬ人間だが、これを見るとなるほど日本は高齢社会になりつつあるなと認めないわけにいかなかった。第一次ベビーブーム期(一九四七―四九）に生れた世代が七十歳を迎える二〇二一年には、六十五歳以上の老人は三千三百三十七万人、総人口比では二五・六パーセントになるそうだ。四人に一人が老人という勘定になる。

それらにくらべてもわたしの住む町内の八〇パーセントが老人という数字（数えたわけでなくわたしの単なる推測にすぎないが）は、日本の前途を暗示し、先例となる資格があるかもしれない。わたしがそういう中に暮していてつくづく思うのは、問題は数字ではないということだ。当り前のことだが、長く生きているだけが尊いのでなく、どう生きているかが問題なのだから。現代には「生きてることが善で、死は悪」という考えがもっぱら横行しているようだが、生きているばかりが能ではない。よく生きなければ生きたとは言えない。その意味で平均年齢の伸びなどということは、それ自体ではなんの意味もないのだ。

そしてからだの機能は衰え、記憶力は悪くなり、運動能力は激減しても、老人がよく生きられないことはない。むしろ老齢にならなければ味わえぬ人生の味がある、とわたしは信じている。

ヘッセは『成熟するにつれて人は若くなる』（草思社）という題名のもとに集められ

た、彼の一連の老人観の中で、こんなことを言っている。

老人にとって春は決してよい季節でない。春になるとさまざまの肉体的苦痛が湧いてきて、夜も眠れぬほど苦しい目に会うことがしばしば起る。が、そんなときでも、戸外に出られたほんのわずかな時には、「痛みを忘れ、春のすばらしさに没入できる休憩時間を、時には恍惚と天啓の数時間をもたらしてくれた。」そしてその幸福感を味わうと、全生涯はこの瞬間のためにあったような気がするし、これは老年でなければ味わえぬことだ、というのだ。

「そして、事実、私たちが若いころに、花の咲いている木や、雲の形のでき方や、雷雨などの光景を見て、老年におけるよりももっと強烈な、燃えるような体験をしたとしても、私の言っているような体験をするためには、やはり高齢であることが必要である。数知れないほどたくさんの見てきたものや、経験したことや、考えたことや、苦しんだことが必要なのだ、自然のひとつのささやかな啓示の中に、神を、精霊を、秘密を、対立するものの一致を、偉大な全一なるものを感じるためには、生の衝動のある種の希薄化、一種の衰弱と死への接近が必要なのである。若者たちもこれを体験しないわけではないが、ずっと稀なことはたしかだ。若者の場合は、感情と思想の一致、感覚的体験と精神的体験の一致、刺戟と意識の一致がないからである。」

わたし自身を顧みても、若いころは花の咲いたのを見ても何ほどにも感じなかったが、老いて死の接近を感じる度合いが濃くなるにつけ、この花を見るのも今年かぎりかもしれぬの思いをこめて見るせいか、花が若い時分には感ぜられなかったくらい美しく、懐かしく見えるようになったのを覚える。

同じことは生きもののいのちを感じることについても言える。わたしの場合は犬だが、たかが犬っころといえ尊い生命をあずかっているという思いのほどは、若いころには想像もつかなかったものがある。むやみと生きものを、鳥でも猫でも動物でも殺すことができるのは、自己以外の生命への共感力の乏しい人間だけだろう。一つの生命の中に宇宙の全生命が通っていると感じる者が、山中に犬を鎖にしばって捨てたり、闘犬を飼ってよろこんだりできるわけはない。老人はおのずから仏性の人となるのである。

犬を飼う老人は、そのことで日々、「今ココニ」生きる生きもののいのちを感じ直していると言っていいのではあるまいか。犬のいのちによって自分のいのちを、自分の生によって犬の生を。そして犬や己れをこえた山川草木悉皆《しっかい》仏性《ぶっしょう》という宇宙的ないのちをまで。そしてそう感じるのも、ヘッセの言うように「生の衝動のある種の希薄化、一種の衰弱と死への接近」を、老人がつねづね自己において自覚していればこそである。若い時のように生命力溢れ、自己の力の自覚のみあって他者への思いの欠けがちのときには感じなかったことだ。

わたしは一昨年信州須坂の浄運寺という、寺齢七百年余の古刹に墓を作った。何も記してない五輪塔を据えただけだが、それでは誰の墓かわからないと住職に注意され、傍らに簡単な墓誌を建てた。その文言を考えていると、おのずからそこに犬のことまで加わったのには、書いていてわれながら驚いた。

ここに眠るは
中野孝次
中野　秀
その愛せし者たち

そんな文言を書いたのだが、ほんとうは「犬たち」と書きたかったのを、憚りあるやもしれずと思って「者たち」と書いたのだった。

初代ハラス、二代マホの遺骸は、わが家の柘榴の木の下に埋めてある。その名と生没年月日をドイツ式ひげ文字で書いた石がそこに置かれている。わたしは墓誌に記したとおり、やがて自分たちがその墓に眠るときは、彼らの墓石もそこに狛犬がわりに据えようと思っているのである。

結局、生ける者はすべていつかは必ず死ぬ。死は必定で逃れられぬと知れば、問題は、死までの時をいかに充実して生きるか、というただその一事以外にない。わたしは『徒然草』第九十三段の、

——されば、人、死を憎まば、生《しよう》を愛すべし。存命《ぞんめい》の喜び、日々に楽しまざらんや。

という一節が好きで、たえずこれをお経のように口中で唱えているが、老年いかに生くべきかというテーゼに対する答は、これに尽きるとさえ思う。

死ぬのは一定《いちじよう》ならば、死を避くることなく、死を直視して、死までの日を楽しむだけである。死を見まいとするのが愚かなのだ。兼好法師は今引いた文章の少し先で、

——人皆《みな》生を楽しまざるは、死を恐れざる故《ゆえ》なり。死を恐れざるにはあらず、死の近き事を忘るゝなり。

と書いている。死を直視しまいとするから、現在ただ今生きてあることのありがたさがわからない、というのだ。

そのことでいえば現代社会は、死というものをあまりにも日常から放逐してしまっている。病めば病者を病院に放りこみ、病とか死が日常生活の中に存在しないかのようにふるまう。死は病院と葬儀社の専管事項となり、暮しの中からきれいに排除されている。

これでは人に、日常つねに死を見つめて生きよ、と言っても現実味がない。まして、若者、幼少者は、幼時からそういう病と死が排除された社会に育ったのであれば、なおさらそれを知る機縁を絶たれてしまう道理である。老人の中にさえ、なるべく死を直視しまいとして、病の中に逃げる人が多い。つねになにかしら病を見つけて貰って、治療に通い、その病が治れば自分は死から遠ざかったかのように錯覚する。そういう病気発見症とでもいうべき病にかかっている老人も案外に大勢いるのだ。大病院の受付はそんな老人で一杯である。

そういう生き方は嘘だ。ただひたと死を直視せよ、と『徒然草』はいうわけである。

第二百四十一段にこんな章句がある。

——所願《しょがん》を成《じょう》じて後《のち》、暇《いとま》ありて道に向《むか》はんとせば、所願尽くべからず。如幻《にょげん》の生《しょう》の中《うち》に、何事をかなさん。すべて、所願皆妄想《みなもうぞう》なり。所願心に来たらば、妄心迷乱《もうしんめいらん》すと知りて、一事をもなすべからず。直《じき》に万事を放下《ほうげ》して道に向ふ時、障《さわ》りなく、所作《しょさ》なくて、心身《しんじん》永《なが》く閑《しず》かなり。

願うことをすべてやりとげたあとで、もし暇があったら仏道に心を傾けよう。と、そんなふうに考えているなら、願い事の尽くる時はない。幻のような一生の中で、いったい何を為しとげようというのか。人間の願い事なぞすべて妄想である。これをやりとげたいなどと願い事が心に浮んだら、これは己が心が迷乱しているのだと思って、その一つでもやりとげようとしてはならぬ。ただちに万事を放擲《ほうてき》して仏道に向うがよい。さすれば、心になんの障害もなく、なすべきこともなくて、心身ともに永久に閑《のど》かでいられよう。

わたしはこの心身永閑《しんじんえいかん》ということこそ、老年における究極の生き方であろうと思う。世の中には、生涯現役などと称して、いつまでも現世で働きつづけるのを好む人がよくいるが、そんな連中の所願なぞすべて妄想にすぎぬ、と兼好は言っているのだ。

そうではなくて、ただちに万事を放下して、道に生きよ。この道は、一応は仏道のことだが、それにとらわれることはなく、直実の生き方というふうに考えればいい。死は必定と心得、死までの日々を恩寵《おんちょう》としてありがたくいただき、その恵みの一日《ひとひ》一日を生きようではないか。さすれば汝もまた心身永閑でいられよう。そして老年の生にとって心身永閑以上に望ましいものがどこにあろうか。

そんなふうにわたしはこの文章を解し、わがマクシムとしている。

いささか「犬のいる暮し」の話から離れたかのようだが、老年におけるそういう生の伴侶として、生きてある一日一日をよろこばせたのしませる仲間として、犬という生きものはいるのである。

ナナは石の上に逃げ、ハンナが「敵」に向かって吠える。

あとがき

最初の犬ハラスの死後書いた『ハラスのいた日々』(文春文庫)はわたしの著書としては比較的多く読まれ、出版後大勢の読者の方からお便りをいただいた。どれも飼犬への思いをつづったものだったが、中に犬に死なれた悲しみを書いたものも多くあった。わたしはその痛切な悲歎の手紙を読んで、現代人にとっての犬はたんなるペットという以上の、何か特別なものだと初めて知ったのであった。

だが、それからあとわが国の犬飼い事情は、さらに深刻さを増したようである。本屋には犬の専門誌が並び、また単行本も何十冊と一つ棚に並んでいる。ペット・フードはもう一個の産業にまでなっているようだ。新聞・雑誌にはたえず犬の写真や記事が出て、それがひとかどの話題になる御時勢である。

犬はもう現代人の生活にとって不可欠の存在となってしまったかのようだ。

わたし自身もその後またマホ、ハンナと二代目三代目の柴犬を飼い、同じ犬飼い仲間と話し、観察し、犬の本を読み、現代人にとっての犬についていろいろ考えるところがあった。とくにいま急速に老齢化社会になりだしている日本では、老人にとっての犬というのが、ある特別な意味合いを持ちだしたように見える。犬を通してそこに見えてくるのは、今の日本社会で老いを迎えるとはどういうことか、という問題だ。

それやこれや、前の『ハラスのいた日々』以後、犬について体験したり、考えたりしたことを記したのが本書である。これがわたしの二番目の犬についての報告になる。こういうものをタイミングよく書くようすすめてくれた、岩波書店の山口昭男氏に感謝する。

一九九九年二月六日

著　者

記念撮影。ナナは抱かれても平気、ハンナはふとり気味。
撮影＝青山進　写真提供＝日本放送出版協会

文春文庫版のためのあとがき

岩波書店から二冊目の犬の本『犬のいる暮し』を出したのが一九九九年三月で、そのときは三匹目の犬ハンナがようやく家になじんだころだった。ところがそのあと、母親と娘が遊んでいる姿はいいものだよと、人にそそのかされ、ハンナに子を作らせる一大決心をした。不安は大きかったが、種付けもうまくゆき、どうやら腹に子もできたらしく、さんざん心配をさせたあと、一九九九年八月二十八日にハンナ（二歳八ヶ月）は無事に三匹の子を産んだ。

子を産むまでの心配、子が生れてからの世話の大変さは、筆舌につくしがたいものがあった。だからわたしはその次第を当時エッセイを連載していた別冊文藝春秋に

「子犬のいる風景」と、わざとのんびりした題で書いた。三匹のうち牡二匹は近所に貰われてゆき、家には一番チビだが敏捷さも一番の牝の子犬が残った。これがナナで、かくてついに初代ハラスから数えて、二代マホ、三代ハンナ、四代ナナと、柴犬四代の系譜ができたことになった。

親子とはいえ二匹の柴犬がいる暮しは初めてで、これまた予想を超える面倒である。そこでそれをまた「犬の親子のいる暮し」として書いた。さらに若いナナが尿結石のできやすい体質で、既に結晶ができかかっていると診断され、大恐慌を来したいきさつを「犬が病むと」という文章にした。

つまりハンナが子を産んだこと、その子ナナとの共生が始ったことが、『犬のいる暮し』のあとに起った事態なので、今回文春文庫版を作るについてはぜひそれも入れたいと、この三篇（『老いのこみち』所収）を追加することにした。すなわち文庫版は三篇の増補版になる。このことを岩波書店版を買われた方にお断りしておく。

わたしはまもなく七十七歳の老齢で、おそらく犬を飼うのも今のハンナ、ナナで終りだろうから、これが決定版『犬のいる暮し』の報告ということになる。思えばハラスが初めてわが家に来たのが一九七二年だから、以来三十年の柴犬との付合いである。

わたしにとって『犬のいる暮し』は、ついに最後までつづいたわけである。感慨なしとしない。

二〇〇一年十一月二十一日

著者

単行本　一九九九年三月　岩波書店刊
二〇〇一年九月　文藝春秋刊

文春文庫

犬《いぬ》のいる暮《くら》し〈増補版〉

定価はカバーに表示してあります

2002年1月10日　第1刷

著　者　中《なか》野《の》孝《こう》次《じ》

発行者　白川浩司

発行所　株式会社 文藝春秋

東京都千代田区紀尾井町3-23　〒102-8008

TEL 03・3265・1211

文藝春秋ホームページ　http://www.bunshun.co.jp

文春ウェブ文庫　http://www.bunshunplaza.com

落丁、乱丁本は、お手数ですが小社営業部宛お送り下さい。送料小社負担でお取替致します。

印刷・凸版印刷　製本・加藤製本

Printed in Japan

ISBN4-16-752308-6

（　）内は解説者

ハラスのいた日々　増補版
中野孝次
一匹の柴犬を〝もうひとりの家族〟として、惜しみなく愛を注ぐ夫婦がいた。愛することの尊さと生きる歓びを、小さな生きものに教えられる、新田次郎文学賞に輝く感動の愛犬物語。
な-21-1

生きたしるし
中野孝次
犬、囲碁、酒を心の友とする日々の思い。戦時下の、死と隣り合わせゆえに美しかった青春への追想……。『清貧の思想』の著者が、喧騒な世間を横目に、静かに紡ぎ出した充実の随想集。
な-21-2

清貧の思想
中野孝次
日本はこれでいいのか？　豊かさの内実も問わず、経済第一とばかりひた走る日本人を立ち止まらせ、共感させた平成のベストセラー。富よりも価値の高いものとは何か？（内橋克人）
な-21-3

贅沢なる人生
中野孝次
気のすすまぬことはしない、自分らしく生きたい……だれもが願望するそんな人生を、見事に貫いた文士たちがいた。大岡昇平、尾崎一雄、藤枝静男、三人の苛烈な生き方。（近藤信行）
な-21-4

人生のこみち
中野孝次
気の進まぬことはやらぬだけが座右の銘。自分らしく生き、死ぬために長年の経験から編み出した自己流の生活信条を披露。「老いと性」「理想の寝具」など二十六篇。（濱田隆士）
な-21-5

五十年目の日章旗
中野孝次
インパール作戦で無残な死を遂げた兄。その兄の名を記した日章旗が戦後五十年目の夏、偶然に見つかった……。表題作の随想と、同じテーマによる小説「スタンド」を併録。（大石芳野）
な-21-6

（　）内は解説者

高峰秀子
私の梅原龍三郎
大芸術家にして大きな赤ん坊。四十年近くも親しく付き合った洋画の巨匠梅原龍三郎の思い出をエピソード豊かに綴ったエッセイ集。梅原描く高峰像等カラー図版・写真多数。（川本三郎）
た-37-1

高峰秀子
わたしの渡世日記（上下）
複雑な家庭環境、義母との確執、映画デビュー、青年・黒澤明との初恋など、波瀾の半生を常に明るく前向きに生きた著者が、ユーモアあふれる筆で綴った傑作自叙エッセイ。（沢木耕太郎）
た-37-2

高峰秀子
にんげん蚤の市
忘れえぬ人がいる。かけがえのない思い出がある。司馬遼太郎、三船敏郎、乙羽信子、木村伊兵衛、中島誠之助……大好きな人とのとっておきのエピソードを粋な筆づかいで綴る名随筆集。

た-37-4

吉行淳之介
私の東京物語
東京で育ち、東京を描いた、「東京の作家」吉行淳之介。終戦の混乱からバブルの時代まで、鮮烈にこの大都会を描いた短篇やエッセイを収録する、魅力のアンソロジー。山本容朗編集。

よ-10-2

吉行淳之介
ややのはなし
からだの話、酒の話、美人の話、男の持ち物の話、子供の頃の話、町の話、そして友人知人の話——身のまわりの話のくさぐさをユーモラスにイキに綴った、ぜんぶ「ややや！」のはなし。

よ-10-3

吉行あぐり
梅桃《ゆすらうめ》が実るとき
岡山の名士の家でのびのびと育った娘が十五で結婚、苦難を乗り越え、美容師の草分けとして活躍する。作家・吉行エイスケの妻であり、淳之介・和子・理恵三兄妹の母でもある女性の半生。

よ-17-1

随筆とエッセイ

（　）内は解説者

旅行鞄のなか　吉村昭
綿密な取材ぶりで知られる著者が、それらの旅で掘り起こした意外な史実の数々、出会ったすばらしい人々、そしてその土地のおいしい食物と酒の話など滋味豊かなエッセイ集。
よ-1-24

私の引出し　吉村昭
歴史や自作の裏話、さまざまな人たちとの出会い、心に残る出来事、旅の話から、お酒や食べ物のこと、身近に経験したエピソードなど感動的な話、意外な話、ユーモアたっぷりの話が一杯。
よ-1-30

街のはなし　吉村昭
食事の仕方と結婚生活、茶色を好む女性の共通点、街ですれ違う気になる人、旅先でよい料理屋を見つける秘訣……。温かく、時に厳しく人間を見つめる極上エッセイ79篇。（阿川佐和子）
よ-1-34

涼しい脳味噌　養老孟司
養老氏は有名人が大好き。山本夏彦、黒柳徹子、林真理子……。別にミーハーだからではない。あわよくば脳ミソを貫いたいのだ！　好奇心と警句に満ちた必見の〃社会解剖学〃。（布施英利）
よ-14-1

続・涼しい脳味噌　養老孟司
「身体から見た社会」への関心を軸に語るヒトの世の森羅万象。女・金・戦争・エイズ……、東大「自己」定年に至る時期の思考の跡を示す、驚きと発見に満ちたエッセイ集。（中野翠）
よ-14-2

風が吹いたら　池部良
「青い山脈」「暁の脱走」「雪国」などで知られる永遠の二枚目スターの自伝エッセイ。生い立ちから、学生、兵役、映画、女優、監督、作家など素晴しい人々の想い出をつづる。（山本夏彦）
い-31-1

我が老後
佐藤愛子

妊娠中の娘から二羽のインコを預かったのが受難の始まり。さらに仔犬、孫の面倒まで押しつけられ、平穏な生活はぶちこわし。ああ、我が老後は日々これ闘いなのだ。痛快抱腹エッセイ。

さ-18-2

なんでこうなるの　我が老後
佐藤愛子

「この家をぶッ壊そう！」精神の停滞を打ち破らんと古稀を目前に一大決心。はてさて、こたびのヤケクソの吉凶やいかに？抱腹絶倒、読めば勇気がわく好評シリーズ第二弾。（池上永一）

さ-18-3

女の幕ノ内弁当
田辺聖子

幕ノ内弁当は、甘辛、酸っぱいの、苦いの、しょっぱいのとさまざまである。浮世のさまざまをつめた幕ノ内弁当ふうエッセイを車中じっくりとお味わいください。（辻和子）

た-3-30

死なないで
田辺聖子

中年の人を見かけると「死なんときましょうねえ」といわずにいられない著者が、死について考えた表題作のほか、生きのびるチエや手だてについて真剣に取り組んだ異色エッセイ。

た-3-33

浪花ままごと
田辺聖子

宝塚、漫才、新喜劇、赤提灯、阪神ファンなど、大阪、神戸、京都の話題を満載。関西に住む著者が、食べて、見て、歩いて関西の魅力を紹介する、「女の長風呂」シリーズ十四冊目。

た-3-34

女のとおせんぼ
田辺聖子

あらゆる題材を組上にのせて、時に鋭く、時にやんわりと料理し、ユーモアに富んで幅広い読者の支持を得て十五年。週刊文春連載最後のエッセイ。「女の長風呂」シリーズ十五冊目。

た-3-35

文春文庫　最新刊

青雲士魂録　津本陽
名人の境地とは何か。危機に逢う武芸者の士魂が燃える瞬間をたどる、真剣勝負の十二篇

紫紺のつばめ　髪結い伊三次捕物余話　宇江佐真理
江戸の下町に暮らす人人を描いて絶賛を浴びた『幻の声』に続く人気捕物シリーズ第二弾

剣と笛　歴史小説傑作集　海音寺潮五郎
著者が世を去って四半世紀。残された幾多の短篇から、選りすぐりの歴史小説を再編集！

彩月　髙樹のぶ子
愛をめぐる揺らぎと畏れ。人生の哀切を官能的な文章に結晶させた十二の蠱惑的な短篇集

冬物語　南木佳士
森の中には、生、老、病、死の様々な木が隠れている。人生を温かな視線で描く珠玉短篇

世紀末思い出し笑い　林真理子
これで愛人なんてバチがあたる？　大人気エッセイ〝今夜も思い出し笑い〟シリーズ第13

のほほん行進曲　東海林さだお
ショージ君、フカヒレ、イカソーメン、西へ東へ、のほほんスタイルの奥義を求めて大奮闘

無意識過剰　阿川佐和子
「そんなことまで書かなくても……」と母が憂う。大人気アガワの痛快日常エッセイ集登場

犬のいる暮し〈増補版〉　中野孝次
ハラスを失ってから五年。再び出会った愛犬。犬と過ごす老いの日々を淡々と、静かに綴る

てなもんやOL転職記　谷崎光
アポなし、コネなし、コワイモノなし！　OLから作家への階段をかけあがったナニワ娘

激闘ワールドカップ'98　フランスから見とおす2002年　後藤健生
悲願の初出場を果たした日本、優勝を決めたフランス。現地で観戦した著者が冷静に語る

昭和史と私　林健太郎
昭和の幕開けから昭和天皇の崩御まで――西洋史の碩学が捉えた世界史の中の昭和とは

規制緩和という悪夢　内橋克人とグループ2001
政府による規制はすべて悪なのか。小泉改革の「痛み」の実際がこの本を読めばわかる！

アジア新しい物語　野村進
アジアの各国に定住する日本人たち。彼らの目を通して見るアジアは圧倒的におもしろい

宮澤賢治殺人事件　吉田司
伝説と化した賢治の亡霊を葬り、デクノボーとしての賢治を再生させるスキャンダルな論

グルーム　ジャン・ヴォートラン　高野優訳
妄想に生きる孤独な青年の狂気と彼を取り巻く社会の狂気を描くサイコ・ノワールの極北

不死の怪物　ジェシー・ダグラス・ケルーシュ　野村芳夫訳
ドラキュラ、フランケンシュタインをもしのぐ幻のホラー大傑作、ついに本邦初訳なる！

ギャンブルに人生を賭けた男たち　マイケル・コニック　真崎義博訳
神をも畏れぬ不敵な奴ら――その名はギャンブラー。ギャンブルに執着する人間の悲喜劇